भविष्य: अनंत की यात्रा

कहानी संग्रह

धर्मेंद्र मिश्रा

Contents

This book is based on ideas, facts, illustrations, and other content thoroughly researched and compiled by the author. Any unauthorized use, reproduction, or distribution will be considered a copyright violation.

The author, Dharmendra Mishra, holds all rights to this book and has presented all content in an accurate, engaging, and informative manner for children.

Year of Publication: 2025.

Publisher: DM Publication.

Imprint: Repro India Ltd.

Author: Dharmendra Mishra

ISBN: 978-93-341-8486-0

Title: Bhavishya- Anant ki Yatra

प्रस्तावना

भविष्य :अनंत की यात्रा -

कल्पना कीजिए एक ऐसी दुनिया जहाँ मंगल ग्रह पर इंसानों के रहने के लिए शहर बसाए जा रहे हैं, अजीबोगरीब जीव धरती पर आकर इमारतें खा रहे हैं, कृत्रिम बुद्धिमत्ता दुनिया के लिए आफत बन चुकी है । ग्रेविटी जो पृथ्वी पर जीवन का मूलाधार है वह ख़त्म हो जाये तो क्या होगा ? इंसान कैसे स्वयं के अस्तित्व को कैसे बचाएगा ? पृथ्वी के जीव और एक अन्य आयाम के जीव आपस में मिलकर विचित्र और अकल्पनीय प्रजातियों को जन्म देते हैं।

क्या यह मिलन प्रकृति के संतुलन को बनाए रखेगा या नई समस्याएं खड़ी करेगा?

इंसानों द्वारा बनाये गए प्रायोगिक जीव साईबोर्ग जो इंसानों की जगह धरती पर लेने के लिए आमादा हैं, उनसे इंसानी सभ्यता कैसे बच पायेगी या ख़त्म हो जाएगी ?

यह पुस्तक आपको विज्ञान की रोमांचक दुनिया में ले जाएगी, जहाँ हर कहानी एक नया रहस्य समेटे हुए है। मंगल ग्रह की चुनौतियों से लेकर समुद्र की गहराइयों में छिपे रहस्यों तक, इस पुस्तक में आपको हर तरह का रोमांच मिलेगा।

**

भूमिका

यह कहानी संग्रह पुस्तक रहस्य, रोमांच और विज्ञान पर आधारित कल्पना को नए आयाम पर ले जाने वाली है। विज्ञान के उन पहलुओं को उजागर करती है जो हमारे जीवन को प्रभावित करते हैं । साथ ही उन चुनौतियों का सामना करने के लिए हमें प्रेरित करती है जो विज्ञान के विकास के साथ पैदा होती हैं। यह पुस्तक उस अद्‌भुत संसार में आपको लेकर जाती है जहां कल्पना की कोई सीमा नहीं होती।

क्यों पढ़ें यह पुस्तक?

- **रोमांच और रहस्य:** इस पुस्तक में आपको हर पन्ने पर रोमांच और रहस्य मिलेगा। साइबॉर्ग, मंगल ग्रह की रहस्यमयी शक्तियां, अन्य आयामों के जीव, समुद्र की गहराइयों से आए अजीबोगरीब जीव, आर्टिफिशियल इंटेलिजेंस का उदय, गुरुत्वाकर्षण की शक्तियों में बदलाव, ब्लैक होल की रहस्यमयी दुनिया और बहुत कुछ।

- **विज्ञान और कल्पना का संगम:** इस पुस्तक में विज्ञान के तथ्यों को काल्पनिक रूप से सरल और आसान तरीके से कहानी में पिरोया गया है । आप यहां विज्ञान के उन पहलुओं को जानेंगे जो हमारे जीवन

को प्रभावित करते हैं और साथ ही उन चुनौतियों का सामना करने के लिए प्रेरित होंगे जो विज्ञान के विकास के साथ पैदा होती हैं।

- **भविष्य की झलक:** यह पुस्तक आपको भविष्य की एक झलक दिखाती है। आप यहां उन संभावनाओं और चुनौतियों के बारे में जानेंगे जिनका सामना हमें आने वाले समय में करना पड़ सकता है।
- **मानवता और प्रकृति:** यह पुस्तक हमें मानवता और प्रकृति के बीच के रिश्ते के बारे में सोचने पर मजबूर करती है। क्या हम प्रकृति के साथ तालमेल बिठाकर रह सकते हैं? क्या हम तकनीक का इस्तेमाल मानवता के लिए कर सकते हैं?

अंत में...

"भविष्य: अनंत की यात्रा" सिर्फ एक कहानी संग्रह नहीं है, बल्कि एक यात्रा है जो आपको भविष्य की अनंत संभावनाओं और चुनौतियों से परिचित कराएगी। यह पुस्तक आपको सोचने पर मजबूर करेगी, आपके दृष्टिकोण को बदलेगी और आपको एक नई दुनिया का अनुभव कराएगी।

***

एक्वा फिना

1.

समुद्र की गहराईयों में लाखों जीवों की प्रजातियाँ रहती हैं। उनमें से एक अनोखी प्रजाति है, "एक्वा फिना।" ये जीव अन्य समुद्री जीवों से बिल्कुल अलग थे। इनके हाथ मानवों की तरह फैल और सिकुड़ भी सकते थे। इनका पेट गोल और लचीला पैर तंतुओं जैसे जिनकी मदद से ये पानी में तेजी से तैर सकते थे। इनकी सबसे खास बात है इनका रंग बदलने की क्षमता, ये अपनी इच्छा के अनुसार अपने शरीर का रंग बदल सकते हैं। ये जीव अपने नुकीले पंजों की मदद से समुद्र के नीचे की चट्टानों को काटकर मजबूत घेरा बनाकर रहते थे। ये घेरे बेहद खूबसूरत और विशाल महलों की तरह लगते थे। ये दुर्लभ और कीमती पत्थरों से बने थे, जिन्हें ये जीव अपने हाथों से ही तराशते थे।

"एक्वा फिना" की जीवन अवधि कई सौ साल थी। ये शाकाहारी थे और अपने समुदाय के साथ शांति से रहते थे। लेकिन जीवन के लिए संघर्ष अनिवार्य शर्त है। जिनका जीवन आसान होता है, वे दूसरों पर निर्भर हो जाते हैं। एक्वा फिना भी इस नियम का अपवाद नहीं हैं।

एक्वा फिना समुदाय का मुखिया सिमोंडा एक बुद्धिमान और कुशल शासक था। वह अपने समुदाय को एकजुट रखने की हर संभव कोशिश में था, मुश्किल की घड़ी में सामने से

आकर खड़ा होता था। वहीं “जिग्राल्टो” नाम की खूंखार विशाल आकार वाली परभक्षी प्रजाति थी जो सभी प्रकार के समुद्रीय जीवों का भक्षण करते थे। वहीँ सिमोंडा अपने समुदाय के साथ कई सालों से जिग्राल्टो से एक्वा फिना को बचाता रहा है ।

लेकिन अचानक से जिग्राल्टो की ताकत बढ़ने लगी। अब उनका शिकार करना आसान नहीं रहा। वे छिपकर एक्वा फिना पर हमला करने लगे। जिग्राल्टो समझ गए थे कि अगर उन्हें समुद्र पर राज करना है तो उन्हें एक्वा फिना को खत्म करना होगा। जिग्राल्टो समुदाय में “जिंजा” नाम की एक विशाल मादा थी । वह हजारों बच्चे एक साथ पैदा करती थी और एक्वा फिना पर हमला करने के लिए उन्हें तैयार करती थी। जिग्राल्टो की वजह से समुद्री पारिस्थितिकी तंत्र पूरी तरह से बिगड़ रहा था । जिंजा अपने हजारों बच्चों के साथ समुद्री जीवों को बड़ी तेजी से खत्म कर रही थी ।

2.

सिमोंडा समुद्र में बढ़ते खतरे को लेकर बहुत चिंतित था। उसने सभी एक्वा फिना समुदाय की सभा बुलाई। सिमोंडा अपनी प्रजा को संबोधित करते हुए, "हमारे पास दो रास्ते हैं; पहला हमें अपना घर छोड़कर चले जाना चाहिए, ये समंदर और यहाँ रहने वालों को जिग्राल्टो के लिए छोड़ देना चाहिए... दूसरा; हम उनसे लड़कर मरें।"

एक्वा फिना एक साहसी प्रजाति थी। अपने राजा का हौसला बढ़ाते हुए एक साथ उद्घोषणा करते हुए जोश से , "हमें दूसरा रास्ता पसंद है...हम लड़ेंगे, मरेंगे और मारेंगे।"

सिमोंडा उम्र में वृद्ध था लेकिन अपनी प्रजा के इस जोश और जज्बे को देखकर उसके भी खून में उबाल आ गया। उसने अपने नुकीले पंजे ऊपर उठाते हुए, "हम जिग्राल्टो का शिकार करेंगे।"

सभी एक्वा फिना समुदाय के लोग जोश और उत्साह से अपनी शक्ति का प्रदर्शन करने लगे। वहीं सिमोंडा के इस फैसले से उसका बेटा सिंघाला खुश नहीं था, गरजते हुए, "यह समझदारी का फैसला नहीं है, हमें उनसे संधि करनी चाहिए।"

तभी सिमोंडा का सेनापति रुआबा, सिंघाला को घूरते हुए, "फिर यह बताओ, तुम उनसे संधि कैसे करोगे? उनसे क्या कहोगे? क्या वे तुम्हारी भाषा समझेंगे? तुम नरभक्षी को शाकाहारी कैसे बनाओगे?" कहकर वह हंसने लगा।

सिंघाला, समझदारी का परिचय देते हुए गंभीर स्वर में, "मरना किसी को पसंद नहीं होता, शायद तुम्हें भी नहीं, वे भी मरना नहीं चाहेंगे।" अपने पिता की ओर देखते हुए, "हमें प्रयास करना चाहिए।"

सेनापति रुआबा, "बकवास।" सिंघाला क्रोध से भरकर रुआबा की ओर बढ़ा।

सिमोंडा उसे रोकते हुए, "हमारा जो भी फैसला होगा, सबके लिए होगा और सबको मानना होगा।"

रुआबा, सिंघाला की ओर घूरते हुए, "कैसे सामना करेंगे, बुजदिली और कमजोरी से।"

सिमोंडा जोश के साथ खड़ा हो जाता है, "योद्धाओं का दल तैयार किया जाए।"

सिमोंडा इतना कह कर वहां से चला जाता हैं, वहीँ रुआबा और सिंघाला एक दूसरे की तरफ ऐसे देखते हैं जैसे मजबूरी में उनके हाँथ बंधे हैं नहीं वे दोनों एक दूसरे को ख़त्म करके ही माने। रुआबा जनता था सिमोंडा के बाद एक्वा फिना का राज्य सिंघाला को ही मिलेगा लेकिन असली हक़दार वो स्वयं को ही सिमोंडा के बाद मानता था ।

उसे पूरा यकीन है एक दिन वह सिंघाला को ख़त्म कर एक्वा फिना का राज्ज्य हथिया लेगा। वहीँ सिंघाला बहुत ही समझदार और जाबाज है उसे अच्छे से पता था। रुआबा के जेहन में क्या चल रहा है, इसी कारण वो जिग्राल्टो के साथ हर संभव युद्ध को टालना चाहता था ।

3.

एक्वा फिना समुदाय में युद्ध की तैयारी होने लगी। युद्धग्रह में सभी एक्वा फिना समुदाय के वयस्क पुरुष मजबूत पत्थरों से बने कवच पहनकर तैयारी में जुट गए। वे हमला करने

और काटने का अभ्यास कर रहे थे। तरह-तरह के युद्ध तकनीक, उछलकर, लेटकर कैसे हमला करना है, सभी योद्धाओं को रुआबा सिखा रहा था ।

रुआबा, अपने दल में जोश भरते हुए, "याद रखना; युद्ध लड़ा ही जाता है जीतने के लिए, हारना यानी जीते जी मृत्यु को प्राप्त होना।"

रुआबा, सिंघाला को घूरते हुए, एक एक्वा फिना योद्धा पर हमले से बचने का अभ्यास करते हुए, अचानक से उस पर हमला करता है और कहता है, "बुजदिल तो पहले से ही मरे हुए हैं।"

सिंघाला खुद को युद्ध से अलग रखता है, वह इस तैयारी में भाग नहीं लेता, उसे अभी भी यकीन था उसके पिता उसकी बात मानेंगे और ये युद्ध टल जायेगा। सिमोंडा, युद्धग्रह में तैयारी का जायजा लेने आता है। साथ में उसकी बेटी सिनाला भी है। वह अपने पिता से युद्ध में साथ चलने की अनुमति मांगती है।

सिमोंडा, सिनाला को समझाता है, "तुम अभी बच्ची हो, तुम्हें यहीं रहकर अपने परिवार और अपने लोगों की देखभाल करनी चाहिए।"

सिमोंडा युद्ध की तैयारी देख कर बहुत खुश होता है, उसे अपनी और अपने योद्धाओं की क्षमता पर पूरा भरोषा है ये

जंग आखरी जंग होगी जिग्राल्टो का समूल विनाश कर देंगे। रुआबा बहुत ही महत्वाकांक्षी है वह न सिर्फ एक्वा फिना का राजा बनना चाहता था बल्कि सिनाला को अपनी रानी भी बनाना चाहता था । सिमोंडा के सम्मुख गर्व से अपना सीना चौड़ा करते हुए " महाराज ! आप निश्चिंत रहें, हमारी विजय सुनिश्चित है, बस आपके आदेश की प्रतीक्षा है, हम जिग्राल्टो पर मृत्यु बन कर टूट पड़ेंगे।"

सिमोंडा सहमति से उसकी हौसलाअफजाई करता है ।

4.

सिंघाला छिपते-छिपाते जिग्राल्टो के इलाके में पहुंच जाता है। जिग्राल्टो के बच्चे अजीब -अजीब तरह से खेल- खेल रहे थे, एक तरह से यह उनका युद्ध अभ्यास था। जो बच्चे शारीरिक रूप से कमजोर थे, उन पर दूसरे बच्चे हमला कर बुरी तरह घायल कर देते। अपनी जान बचाने के लिए कमजोर बच्चे अपनी मां की ओर भागते, लेकिन उनकी मां उन्हें बचाने की बजाय, उन खूंखार बच्चों की ओर फेंक देती और वे उन्हें मारकर खा जाते।

जिग्राल्टो द्वारा अपने बच्चों को खूंखार और आक्रामक बनाने का यह एक तरीका था ।वहीं, जिग्राल्टो के जो बच्चे अपनी जान बचाने के लिए अपनी माँ की ओर न जाकर अपना सिर नीचे करके गोल-गोल घूमने लगते, आक्रामक और हिंसक

जिग्राल्टो उन्हें जीवित छोड़ देते। वे कमजोर बच्चे उनके सहायक के रूप में रहते, जो भी शिकारी जिग्राल्टो से बचा-कुचा खाना बचता, उसी में अपना गुज़ारा करते। सिंघाला, कई दिनों तक जिग्राल्टो के इलाके में छिपकर उनके बारे में गहराई से अध्ययन करता रहा।

5.

एक दिन जिग्राल्टो के इलाके में हलचल बढ़ गई। एक्वा फिना और जिग्राल्टो समुदाय के बीच भयंकर युद्ध छिड़ गया। एक्वा फिना दल का नेतृत्व सिमोंडा कर रहा था। सिमोंडा, जिग्राल्टो से ऐसे युद्ध लड़ रहा था जैसे यह उसका आखिरी युद्ध हो। सटीक और आक्रामक उसका कोई भी वार खाली नहीं जा रहा था। वहीं रुआबा भी एक्वा फिना दल के साथ जिग्राल्टो का बड़ी बेरहमी से शिकार कर रहा था।

जिग्राल्टो, अचानक से हुए इस हमले के लिए तैयार नहीं थे, जिससे उन्हें भारी नुकसान उठाना पड़ा। बहुत से जिग्राल्टो के बच्चे मारे गए। जिग्राल्टो की मादा रानी "जिंजा" पर कई प्रहार किए गए। एक्वा फिना लड़ाकों के वार उसकी मोटी खाल और विशाल शरीर पर खरोच की तरह थे।

जिंजा को मारने के सारे प्रयास नाकाम साबित हुए जिंजा बुरी तरह बौखला गई, भयंकर नाद करने लगी उसकी उस आवाज से पानी में उठ रही लहरों के साथ कंपन होने लगा,

जैसे बिजली का तेज झटका लगा हो। एक्वा फिना के लड़ाके दूर जा गिरे उनके शरीर की शक्ति शिथिल पड़ गई। देखते ही देखते कई वयस्क नर जो शिकार पर गए थे, एक्वा फिना के लड़ाकों को घेरकर शिकार करने लगे। एक्वा फिना के लड़ाकों में भगदड़ मच गई, वे तितर-बितर होने लगे। रुआबा मोर्चे से हट गया। सिमोंडा पूरी तरह से अकेला पड़ गया लेकिन उसने लड़ने का जज्बा नहीं छोड़ा।

जिग्राल्टो के वार से उसके शरीर पर गंभीर चोटें आईं। तभी सिंघाला जो अब तक युद्ध से दूरी बना रहा था, अपने पिता की जान बचाने के लिए ना चाहते हुए भी उस युद्ध में शामिल हो जाता है।

सिंघाला अकेले जिग्राल्टो के झुंड को खत्म तो नहीं कर सकता था लेकिन वह उनकी युद्ध कला और रणनीति से पूरी तरह से वाकिफ हो चुका था । अपनी तेजी, बुद्धि और शक्ति के बल पर अपने पिता को जिग्राल्टो के इलाके से बाहर खींच लाया।

6.

किसी सुरक्षित ठिकाने पर पहुंचकर सिंघाला अपने पिता का उपचार करता है। सिमोंडा की बस सांसें चल रही हैं, वह बुरी तरह घायल हो चुका है।

सिमोंडा, अपने बेटे को समझाते हुए, "तुमने बहुत देर कर दी।"

सिंघाला, सिमोंडा की ओर संत्वना भरी निगाहों से देखते हुए "ठीक हो जाएंगे, बस कुछ खरोच हैं।"

सिमोंडा अपने मुंह से खून की उल्टियां करते हुए हिचकी लेता है, बड़ी मुश्किल से बोल पाता है, "मुझे हमेशा से यही फिक्र रहती थी, मेरे बाद तुम क्या करोगे। इस दुनिया से जाते हुए मुझे इस बात की खुशी है, कि तुम मुझसे भी अच्छा राजा साबित होगे।"

सिंघाला की आंखों में आंसू भर आते हैं, "ऐसा क्यों कह रहे हैं, अभी तो आपसे मुझे बहुत कुछ सीखना है।"

सिमोंडा की सांसें थम चुकी थी, वह अब इस दुनिया में नहीं रहा। सिंघाला, सिमोंडा को अपनी गोद में उठाकर एक्वा फिना इलाके में पहुँचता है।

7.

रुआबा, सिंघाला को देखते ही एक्वा फिना के लोगों को संबोधित करते हुए, "वह आ गया अपने पिता का कातिल, इसी ने हमारे राजा की हत्या की है।"

सिंघाला की बहन सिनाला, रुआबा से,"ये तुम क्या कह रहे हो, ऐसा नहीं हो सकता, मेरा भाई ऐसा नहीं है।"

रुआबा, गुस्से से तमतमाते हुए, "तुम्हारा भाई ऐसा ही है, मैंने उसे अपनी आंखों से देखा है।"

रुआबा का समर्थन करने वाले लड़ाके जो युद्ध छोड़कर भाग गए थे, उसका समर्थन करते हुए, "यही हत्यारा है।"

एक्वा फिना के लोग क्रोध और गुस्से से सिंघाला को देख कर गरजने लगे, "इसे जीने का कोई अधिकार नहीं है, इसे भी मार डालो।"

जैसे ही सिंघाला को मारने के लिए उसकी ओर बढ़े, सिंघाला की बहन सिनाला अपने भाई को बचाने के लिए सामने आ जाती है, अपने धारदार पंख फैलाकर सिंघला के चारो तरफ रक्षा कवच की तरह घेर लेती है, क्रोध से चिंघाड़ते हुए, "जिसे अपनी जान की परवाह हो, पीछे हट जाए।"

रुआबा, सिनाला को किसी प्रकार की छति नहीं पहुँचाना चाहता था, एक्वा फिना के लोगों को रोकते हुए, "हम लोगों ने पहले से ही खून-खराबा बहुत देख लिया है, अब और नहीं, महाराज की भी यही इच्छा थी, हम एकजुट रहें।"

रुआबा के समर्थक उसका समर्थन करते हुए, "सिमोंडा का उत्तराधिकारी रुआबा ही है, अब से वही हमारा राजा है।"

एक्वा फिना के लोग भी उसका समर्थन करते हुए घोषणा करते हैं, "महाराज रुआबा! महाराज रुआबा!"

सिंघाला, अपने पिता के मरने के दुख और अपने लोगों के इस तरह बर्ताव से बहुत दुखी था। सिंघाला, रुआबा को समझाते हुए, "जैसा तुम लोग चाहते हो वैसा ही करो।"

सिंघाला की बहन सिनाला अपने पिता की लाश को सहलाते हुए रोने लगी, "तुमने ऐसा क्यों किया मेरे भाई?"

सिंघाला, गुस्सा और क्रोध से भरा हुआ है उसके भी आँखों से आँसू छलक आए, "मेरा यकीन करो, मैंने अपने पिता को बचाने की बहुत कोशिश की लेकिन नाकाम रहा।"

रुआबा, सिंघाला की ओर घूरते हुए, "निकल जाओ यहां से।"

सिंघाला चुपचाप वहां से जाने लगता है। उसकी बहन सिनाला भी उसके साथ चलने लगती है।

सिंघाला उसे समझाते हुए, "तुम्हें यहीं रहना चाहिए, अपने लोगों के साथ, उनकी रक्षा तुम्हें ही करनी है।"

सिंघाला निराश और हताश बेमन से अपना इलाका छोड़ने को मजबूर हो गया, वह लालची नहीं है राज्य के लिए अपने ही लोगों को नहीं मारना चाहता, वहां से चले जाने में हीं उसे सबकी भलाई मालूम पड़ी।

9.

सिंघाला, अपने समुदाय से अलग कहीं दूर एक ऐसे जैव विविधता वाले क्षेत्र में चला गया जहां पर बहुत से जीवों की

प्रजातियाँ पल रही हैं। वहीं पर 'टीटो' नाम के कुछ छोटे-छोटे जीव थे जो बहुत ही समझदार और मिलनसार स्वभाव के थे। कम ही समय में सिंघाला की वहां रहने वाले जीवों से दोस्ती हो गई। वह अपने पिता और राज्य खोने का गम धीरे-धीरे भूलने लगा।

एक दिन उसे ढूंढते हुए अकिला नाम की एक वयस्क मादा एक्वा फिना, टीटो के इलाके में पहुंच गई। अकिला पहले सिंघाला के साथ ही रहा करती थी, शायद उसे पसंद करती थी। लेकिन अचानक सिंघाला के चले जाने और रुआबा के राजा बनने पर उसे बहुत दुख हुआ। काफी समय से सिंघाला को ढूंढते-ढूंढते इधर-उधर भटकती रही, आखिरकार उसकी मेहनत रंग लाई, सिंघाला उसे मिल ही गया। सिंघाला ने अकिला को जैसे ही देखा, उसके गले लगकर प्यार करने लगा।

सिंघाला, अकिला से, "तुमने मुझे ढूंढा कैसे?"

अकिला, "मुझे मालूम था, तुम यहीं होगे।"

टीटो बहुत शर्मीले किस्म के जीव हैं। अकिला को देखकर वे भी उसे पसंद करते हैं, अपने तरीके से प्यार जताने लगे।

अकिला, टीटो की ओर खुशी से उन्हें सहलाते हुए, "तुम इन्हें बहुत पसंद करते हो, मुझे मालूम था।"

टीटो अपनी चोंच उठाकर जैसे अकिला से कुछ पूछना चाह रहे हों।

सिंघाला, अकिला से "ये पूछ रहे हैं, क्या तुम उन्हें पसंद नहीं करती?"

अकिला, टीटो के सिर पर पोंनीटेल की तरह बालों की चोंटी पकड़कर उन्हें घुमाने लगती है और कहती है, "मुझे तो ये कुछ ज्यादा ही पसंद हैं।"

सारे टीटो अपनी खुशी का इजहार करते हैं।

10.

अकिला और सिंघाला खुशी-खुशी वहीं साथ रहने लगे। कुछ ही समय में उन दोनों को बच्चे भी हुए। एक दिन अकिला, अपने बच्चों को टीटो के साथ खेलते हुए देखकर सिंघाला से बोली, "मैंने तुमसे एक बात छिपाई है ?"

सिंघाला उसकी ओर देखने लगा। अकिला अपनी चिंता जाहिर करती है, "तुम्हारी बहन को रुआबा अपनी रानी बनाना चाहता है लेकिन उसने मना कर दिया।"

सिंघाला अपनी बहन से बहुत प्यार करता है, अकिला पर गुस्सा करते हुए, "क्या हुआ उसे?"

अकिला, "सिनाला को रुआबा ने बंदी बना लिया है।"

सिंघाला अपनी बहन के पास जाने की इच्छा जाहिर करता है, लेकिन अकिला अपने बच्चों की खातिर जाने से मना करती है। सिंघाला अपने पिता का हवाला देकर जाने के लिए तैयार हो जाता है।

11.

सिंघाला, मीलों लंबी यात्रा कर अपने परिवार सहित, सिनाला को भी अपने साथ लाने के लिए एक्वा फिना के इलाके में जा पहुंचा । रुआबा, सिंघाला और उसके परिवार को देखते ही समझ गया कि यह अपना राज्य वापिस लेने आया है। उसने सिंघला और उसके परिवार पर आक्रमण कर दिया।

सिंघाला, रुआबा को युद्ध के लिए ललकारते हुए, "रुआबा, तू जीवित इसीलिए है कि मैंने अपने पिता को वचन दिया है, अपने समुदाय की रक्षा का। लेकिन तू जीवित रहने और राजा बनने का अधिकारी नहीं है।"

रुआबा, अपने दल के लड़कों के साथ पहले से ही सिंघाला का सामना करने के लिए तैयार है, ललकारते हुए, "मैं ही राजा हूं, मैं ही निर्धारित करूंगा, कौन जीवित रहेगा और कौन मरेगा।"

रुआबा के रक्षक सिंघाला पर आक्रमण कर देते हैं। सिंघाला भी अपने परिवार की सुरक्षा के लिए रुआबा के हमलों का उत्तर देने लगा। रुआबा अपने सैनिकों को हारता देख खुद भी

युद्ध में शामिल हो गया। प्रजा के सामने स्वयं को हारता देख रुआबा, छलपूर्वक वहां से बचकर निकल जाता है। रुआबा, सिनाला को बंधक बनाकर प्रजा के सामने लाता है। एक्वा फिना के लोगों का वह दंडग्रह था जहां उसे लाया जाता है।

उधर टीटो भी अपने दल के साथ झुंड में एक्वा फिना के इलाके की तरफ बढ़ रहे हैं । इतने सारे शिकार की गंध से आकर्षित होकर जिग्राल्टो भी टीटो के पीछे बढ़ने लगे। जिग्राल्टो की रानी जिंजा, अपने दल का नेतृत्व करते हुए, एक्वा फिना के इलाके तक आ पहुंची। वहीं रुआबा एक्वा फिना के लोगों को अपने खिलाफ होते देख उन्हें सबक सिखाने के लिए, किले का मुख्य द्वार खुलवा देता है, जिससे जिंजा उसके इलाके में प्रवेश कर सके।

अपने समुदाय के लोगों की रक्षा के लिए सिंघाला ने रुआबा को समझाया कि यह राज्य, यह सब कुछ वही रखे बस उसकी बहन और एक्वा फिना के लोगों को छोड़ दे। रुआबा ने किसी की भी बात नहीं मानी। आखिर वही हुआ जिसके लिए सिमोंडा ने अपनी जान गंवाई थी। जिंजा अपने हजारों खूंखार बच्चों के साथ एक्वा फिना के इलाके में आ पहुंची।

जिंजा और उसके बच्चे जो भी सामने फंसता सबको निगल जाते। रुआबा ने सिनाला को जिंजा की तरफ धकेल दिया। सिंघाला अब तक सिर्फ रक्षात्मक लड़ाई लड़ रहा था, रुआबा और उसके दल को हानि पहुंचाने की उसकी कोई मंशा नहीं

थी। लेकिन अब उसके सामने अपने परिवार और अपने लोगों के अस्तित्व को बचाने के लिए लड़ने के लिए तैयार हो जाता है। अंतिम समय में दिए गए अपने पिता के वचन याद कर उस भयंकर युद्‌ध में कूद जाता है।

सिंघाला, रुआबा के लड़ाकों का सीना चीरते हुए अपनी बहन की तरफ बढ़ता है, उसका फंदा काट देता है, जिससे उसके हाथ और पंख बंधे थे। उधर टीटो भी सिंघाला और उसके परिवार को बचाने के लिए युद्‌ध में साथ दे रहे थे । वे जिग्राल्टो के शरीर में कान के रास्ते घुस जाते और आंखों को फोड़कर बाहर निकल आते।

दिखाई न देने के कारण दर्द से छटपटाते हुए, जिग्राल्टो इधर-उधर भागने लगे। जिग्राल्टो पहले से ज्यादा आक्रामक होते हुए अपने विशालकाय शरीर से एक्वा फिना के लोगों को तहस-नहस करने लगे। उधर रुआबा मौके का लाभ उठाकर सिंघाला के बच्चों को मारने के लिए आगे बढ़ा। वहीं जिंजा भी रुआबा की तरफ बढ़ रही थी, जैसे ही रुआबा को निगलने वाली थी, सिंघाला की बहन सिनाला रुआबा को बचा लेती है।

सिंघाला अपने बच्चों को बचाने के लिए तेजी से उनकी तरफ बढ़ता है, लेकिन वह बहुत दूर था। सिंघाला ने अपने बच्चों को खेल-खेल में जब वह टीटो के साथ था, जिग्राल्टो की संधि कला का प्रदर्शन किया करता था। सिंघाला के बच्चों

को वह याद था। वे जिंजा को देखकर वैसा ही करने लगे, अपना सिर नीचे करके गोल-गोल घूमने लगे।

जिंजा, सिंघाला के बच्चों के पास से ही गुजर गई, लेकिन उन्हें कोई हानि नहीं पहुंचाती। सिंघाला अपने बच्चों की यह तरकीब देख बहुत खुश हुआ। सभी एक्वा फिना के लोग जिग्राल्टो की संधि कला का प्रदर्शन करने लगे, जिंजा के सामने संधि प्रस्ताव रखते हैं।

जिंजा अपने बच्चों को लेकर वहां से चली जाती है। एक्वा फिना के लोग पूरी तरह सुरक्षित हो गए। रुआबा अपने किए पर बहुत शर्मिंदा होता है। एक्वा फिना इलाका छोड़कर जाने लगता है। सिंघाला और उसकी बहन सिनाला रुआबा को रोक लेते हैं, उसकी गलतियों की माफी दे देते हैं।

सभी एक्वा फिना के लोग अपनी एकजुटता का प्रदर्शन करते हुए," महाराज सिंघाला ! महाराज सिंघाला !" रुआबा भी उनका समर्थन करता है । वहीं सिनाला और रुआबा साथ-साथ रहने लगे। सिंघाला को निर्विरोध एक्वा फिना का राजा घोषित कर दिया जाता है।

***

बिल्डिंग ईटर

1.

दिन ढलने ही वाला था सूरज की लाल रौशनी चारो तरफ छिटकी थी। चेन्नई के किसी दूर-दराज समुद्र तट पर विनी नाम की एक 10-12 साल की बच्ची हर दिन की तरह एक बड़ा थैला लेकर समुद्र के किनारे कचरा बिन रही थी।

तभी उसने एक अजीबोगरीब समुद्री जीव को कचरा खाते हुए देखा। विनी हैरान होकर उसे देखती रही, जैसे ही उसने उस जीव को भगाने के लिए छड़ी उठाई, वह जीव तेजी से विनी की ओर बढ़ा। विनी डर के मारे पीछे की ओर भागी और गिर गई। वह जीव विनी के पास से गुजरते हुए उसे सूंघता हुआ चला गया। शायद वह यह पता लगा रहा था कि इसे भी खाया जा सकता है या नहीं।

विनी को बहुत आश्चर्य हुआ उसने सुना था कि समुद्र में लाखों तरह के जीव रहते हैं, कुछ वैसे ही जीव होंगे, आम दिन की तरह वह अपना काम करती रही उस विचित्र जीव के बारे में किसी को नहीं बताया।

2.

विनी जिस जीव को उसने समुद्र के किनारे देखा था, वैसा ही जीव पूरे शहर में कचरे के ढेर के आसपास बड़ी संख्या में

दिखाई दे रहे थे, वे कचरा खा रहे थे। टीवी पर कई पर्यावरण विशेषज्ञ अपनी-अपनी राय देते हुए कह रहे थे कि ; "अभी यह बताना मुश्किल है ये किस तरह के जीव हैं, लेकिन ये इंसानो के लिए खतरा नहीं लगते हैं।"

टीवी पर दिखाया जा रहा था, लोग इन जीवों के आसपास घूम रहे हैं लेकिन ये जीव उन्हें कोई नुकसान नहीं पहुंचा रहे, वहां आस -पास मौजूद लोग आपस में हंसी- मजाक भी कर रहे थे कि ऐसे जीव पूरे देश में फैल जाएं तो देश की सारी गंदगी साफ हो जाएगी।

उधर वे जीव बड़े चाव से प्लास्टिक, कचरा खाते हुए कुछ अजीब तरह का कार्बनिक पदार्थ निकाल रहे थे। इन्हें देखकर स्टूडियो में बैठे कुछ विशेषज्ञ चिंतित थे। वे कह रहे थे कि; कोई भी नई चीज दिलचस्प होती है लेकिन उसके फायदे और नुकसान भी होते हैं। अभी यह नहीं कहा जा सकता कि ये आगे चलकर कैसा व्यवहार करेंगे।

टीवी होस्ट ने पूछा कि इन जीवों को क्या नाम दिया जाए। नचिकेत नाम के एक पर्यावरण विशेषज्ञ ने कुछ देर सोचने के बाद इन जीवों को "बिल्डिंग ईटर" नाम दिया।

टीवी होस्ट ने पूछा कि इसका कारण क्या है?"

नचिकेत, गंभीर चिंता व्यक्त करते हुए, “इनका पाचन तंत्र बहुत मजबूत दिख रहा हैं, ये कुछ भी पचा सकते हैं, शायद बिल्डिंग या किसी तरह की ठोस धातु भी।“

3.

नचिकेत अपनी प्रयोगशाला में बिल्डिंग ईटर का गहन अध्ययन कर रहे थे। इन जीवों की त्वचा बेहद अजीब थी। यह किसी इंसुलेटर की तरह लचीली और मजबूत थी, जिस पर कोई विद्युत प्रभाव नहीं पड़ता था। गर्मी का भी इन पर कोई असर नहीं होता था। इनकी बुद्धि भी अन्य जीवों से अलग थी। नर और मादा जब एक-दूसरे के संपर्क में आते थे तो उनके मुंह से एक अजीब सा गाढ़ा चिपचिपा लाल रंग का पदार्थ निकलता था, नर और मादा दोनों से ही मिल कर बनने वाले चिपचिपे पदार्थ के मिलने से एक मजबूत खोल बनता था और उसी के अंदर उनके बच्चे पैदा होते थे।

नचिकेत ने अपनी प्रयोगशाला में कुछ प्रयोग किए; उन्होंने इन जीवों को कचरे के अलावा शाकाहारी भोजन, सब्जियां, अन्न आदि दिया, लेकिन ये जीव उन्हें सूंघकर ही दूर हो जाते थे। फिर उन्होंने कुछ पत्थर के टुकड़े फेंके तो ये जीव बड़ी आसानी से उन्हें मुंह में भरकर चबा-चबाकर निगल जाते। दांतों का परीक्षण किया तो पाया कि उनके दांत बेहद मजबूत थे और पृथ्वी पर मौजूद किसी भी चीज को काट सकते थे।

नचिकेत के साथ काम करने वाले वैज्ञानिक राहत की सांस लेते हुए "अच्छा हुआ ये इंसानों को नहीं खाते, नहीं तो एक झटके में ही हमें खत्म कर देते।"

4.

समय तेजी से बीत रहा था उधर बिल्डिंग ईटर्स की संख्या और आकार में तेजी से वृद्धि हो रही थी। शहर भर में जहां कहीं भी इन्हें कचरा दिखता वे खाने लगते। वे कुत्तों और बिल्लियों की तरह ही इंसानों के साथ रहने लगे थे। वे एक तरह से पालतू जानवर की तरह हो गए, लोग अपने घरों का कचरा, प्लास्टिक, गारबेज कुछ भी खाली सामान जो फेंकने लायक होता इन्हें खाने के लिए देने लगे।

बिल्डिंग ईटर की संख्या बढ़ने के साथ ही खाने के संसाधन कम पड़ने लगे। कुछ बिल्डिंग ईटर्स 20 से 30 फीट तक बड़े हो गए थे। अब वे अपनी भूख मिटाने के लिए इमारतों की दीवारें भी खाने लगे, कई रिहायसी इमारतें क्षतिग्रस्त कर दिया।

सरकारी अमला भी परेशान था कि इन जीवों से कैसे निपटा जाए। सभी मुख्य प्रशासनिक अधिकारियों की बैठक में जिला कलेक्टर पिल्लई ने अधिकारियों को निर्देश दिया कि “जहां भी ये जीव दिखें, उन्हें गोली मार दी जाए।“

एक अन्य अधिकारी ने कहा ,"ये समुद्र से आए हैं, हमें इन्हें वापस समुद्र में भेजने का प्रबंध करना चाहिए।"

कुछ अन्य अधिकारी अपनी राय रखते हुए, "ये कोई मेहमान नहीं हैं कि अपनी मर्जी से चले जाएंगे।"

किसी भी प्रकार के ठोस समाधान पर एक राय नहीं बन पा रही थी । उधर एक और वरिष्ठ अधिकारी अपनी राय रखते हुए, "मेरा मतलब है, ये अभी तक इंसानों के लिए कोई खतरा नहीं हैं, शायद हम इन्हें इंस्ट्रक्शन दे और वे वापस समुद्र में चले जाएं।"

किसी भी प्रकार के ठोस समाधान पर एक राय नहीं बन पा रही थी। उधर बिल्डिंग ईटर के बारे में जानने की दुनिया भर में उत्सुकता बढ़ती जा रही थी। तरह-तरह के मीडिया में लोग अफवाहें फैला रहे थे। कोई कहता था कि ये आसमान से उतरे फरिश्ते हैं जिन्होंने सारा कचरा खा लिया। कुछ कहते थे कि ये एलियन का पृथ्वी पर हमला है। कुछ टीवी चैनलों पर खबरें चलती थीं कि ये समुद्री दानव हैं। इस तरह तरह के प्रचार से लोगों को बहुत मजा आ रहा था।

वहीं नचिकेत जब से ये जीव अस्तित्व में आए थे, इन जीवों के पाचन तंत्र अन्य जीवों से बिल्कुल ही अलग थे, इंसानों या पेड़-पौधों को न खाने के कारण और उनके द्वारा निकाले जाने वाले अजीब पदार्थ के बारे में गहराई से अध्ययन कर

रहे थे। वे अपनी प्रयोगशाला से कई सारे वीडियो बनाकर सोशल मीडिया पर डाल रहे थे। उनके वीडियो तेजी से वायरल हो रहे थे, लोगों में इन जीवों के बारे में जानने की बहुत उत्सुकता थी। जिला कलेक्टर पील्लाई और प्रशासनिक अमला नचिकेत के साथ मिलकर बिल्डिंग ईटर्स को शहर से दूर समुद्र में वापस भेजने की योजना पर काम कर रहे थे।

5.

कई टैंकरों और बंद गाड़ियों के साथ पुलिस बल बिल्डिंग ईटर वाले इलाके को घेर लेता है। बड़े-बड़े कचरे से भरे कंटेनरों को ढोते हुए समुद्र की ओर बढ़ रहे थे। बिल्डिंग ईटर कचरे की गंध पाकर तेजी से उनके पीछे भागते हैं। वे समुद्र के किनारे तक जाते हैं लेकिन पानी में नहीं जाते।

पुलिस बल बुलेट फायर करता है, फायर टैंक से आग बरसातें हैं, लेकिन बिल्डिंग ईटर और भी आक्रामक हो जाते हैं। वे पुलिस की गाड़ियों को तबाह कर देते हैं और बड़े टैंकरों को उठाकर फेंक देते हैं। इससे इमारतों और लोगों को काफी नुकसान होता है।

जिला कलेक्टर पील्लाई ने इस ऑपरेशन को रोकने का आदेश दिया। अब पुलिस के सामने चुनौती और भी गंभीर हो गई थी। इन जीवों पर कोई भी हमला असरदार नहीं हो रहा था। लेकिन यह तो सिर्फ विनाश की शुरुआत थी। दिन के समय ये जीव निष्क्रिय रहते और रात होते ही तबाही मचाने लगते

थे। वे बड़ी-बड़ी इमारतों को नष्ट कर देते थे और उनके द्वारा निकाले गए रसायनों से एक अलग तरह का कचरा उत्पन्न होता था जिससे भारी मात्रा में गर्मी पैदा होती थी। शहर का तापमान तेजी से बढ़ने लगा। बिल्डिंग ईटर द्वारा की गई तबाही पूरी दुनिया में चर्चा का विषय था।

कई देश के विशेषज्ञ, वैज्ञानिक और सरकारें इन जीवों को खत्म करने की योजना पर काम करने लगे। उधर, बिल्डिंग ईटर जोन वाले एरिया से पूरे शहर को खाली करवाया जा रहा था। लोगों को आसपास के शहरों में शिफ्ट किया जा रहा था।

6.

रात का समय था जब बिल्डिंग ईटर पूरी तरह से सक्रिय थे, तभी आसमान में जंगी जहाज मंडराने लगे। बिल्डिंग ईटर पर मिसाइल से हमला किया गया। मिसाइल के तीव्र हमले से वे नष्ट तो हो रहे थे लेकिन वे भी परिस्थिति के मुताबिक स्वयं को अनुकूलित कर रहे थे।

अपनी सुरक्षा का तरीका ढूंढ निकाला था। बिल्डिंग के मलबे में खुद को छिपा कर रखते थे, जिससे उन्हें ढूंढ पाना आसान नहीं था। अब वे झुंड में रहने की बजाय बिखर गए थे। आस-पास के शहरों की तरफ पलायन करने लगे।

सरकारी अमले को अपने हर एक्शन के बाद एक नए तरह की चुनौतियों का सामना करना पड़ रहा था, मीटिंग पर मीटिंग का दौर चल रहा था लेकिन सभी बेनतीजा साबित हो रही थी। सरकार ने पूरे इलाके को सील कर दिया, मीडिया से लेकर इंसान के लिए प्रतिबंधित क्षेत्र घोषित कर दिया, जिससे बाहर किसी भी तरह की अफवाह ना फैले, डर का माहौल ना बने।

7.

एक रात पील्लाई सेटेलाइट के माध्यम से स्थिति का जायजा ले ले रही थी, जिससे वे जीव किसी भी प्रकार से शहर से बाहर ना निकल पाए। तभी नचिकेत उनसे मिलने कंट्रोल रूम पहुंचते हैं।

नचिकेत, "खबर अच्छी हो सकती है।"

पील्लाई, "कैसे ?"

नचिकेत, "हमें कुछ एक्सपेरिमेंट करने हैं, बिल्डिंग ईटर रेंज में जाना होगा।"

पील्लाई ये सुनते ही उनकी मांग को सिरे से ख़ारिज कर दिया, "हमें अलाउ नहीं है, हम उनके साथ किसी भी प्रकार का छेड़छाड़ नहीं कर सकते।"

नचिकेत, "तो हम उनके साथ कौन सी कुश्ती लड़ने जा रहे हैं, बस कुछ एक्सपेरिमेंट करेंगे और चले आएंगे।"

पील्लाई, "समझने की कोशिश करिए।"

नचिकेत, निराश होते हुए, "आप को सिर्फ अपनी नौकरी की परवाह है, वैसे भी ज्यादा दिनों तक हम उन्हें रोक नहीं पाएंगे।"

ये कहते हुए जैसे ही वहां से जाने को होते हैं पील्लाई उन्हें रोकते हुए, "रुकिए।"

नचिकेत, खुशी से पील्लाई की तरफ घूमते हुए जैसे किसी बच्चे को उसकी मनचाही वस्तु मिल गई हो, "तो फिर चलें।"

8.

पील्लाई कुछ पुलिस जवानों के साथ नचिकेत को लेकर बिल्डिंग ईटर जोन पर पहुंच गई । पील्लाई, नचिकेत की तरफ सवालिया निगाहों से देखते हुए खड़ी थी । नचिकेत उन्हें इग्नोर करते हुए अपने बैग को थपथपाते हैं खुद से ही बात करते हुए, "होगा क्यों नहीं होगा।"

कहते हुए तेजी से गाड़ी से उतर कर एक बिल्डिंग की तरफ अकेले ही बढ़ने लगे। पील्लाई ने पीछे से आवाज भी दी, " मैं आ रही हूँ? "

नचिकेत ने जैसे उन्हें सुना ही ना हो अपनी मंजिल की ओर बढ़ गए। कुछ पुलिस वाले पील्लाई की तरफ देखते हुए," मैडम ये आदमी भी उन्हीं जीवों की तरह अजीब है, हम सबको यहां मरने के लिए ले आया।"

पील्लाई, लम्बी साँस भरते हुए,"दुनिया जुनून और पागलपन से ही चलती है, देखो आगे क्या होता है, बी केयरफुल।"

नचिकेत दूर से ही बिल्डिंग ईटर की तरफ एक खास तरह की डिवाइस फेंकते हुए जिससे आस-पास की सभी फ्रीक्वेंसी को रिकॉर्ड किया जा सके। तभी नचिकेत ने एक खास तरह से बना कोई लिक्विड उनकी तरफ फेंका।

बिल्डिंग ईटर उसे खाने के बाद उनके पेट में अजीब तरह से कंपन उठने लगा। अल्ट्रासोनिक साउंड नचिकेत की डिवाइस में रिकॉर्ड होने लगा। देखते ही देखते कई बिल्डिंग ईटर उस बिल्डिंग के इर्द-गिर्द एकत्रित होकर उस बिल्डिंग को तेजी से ख़त्म करने लगे। पुलिस वाले पील्लाई से वहां से जल्दी निकलने को कहते हैं। पील्लाई ने नचिकेत का इंतजार करने को कहा। ड्राइवर, पील्लाई के आदेश को अनसुना करते हुए तेजी से गाड़ी बढ़ाने लगा। पील्लाई उस पर चिल्लाते हुए, "व्हाट द हेल आर यू डूइंग?"

ड्राइवर, " मैडम, जान है तो जहान है, हम ऐसी नौकरी का क्या करेंगे, इनका क्या, हमें भी कचरा समझ कर खा जाए? "

बिल्डिंग ईटर पुलिस की गाड़ी की आवाज सुनकर आगे घेर लेते हैं। उनका कचूमर निकलता इससे पहले ही नचिकेत पुलिस गाड़ी के पास पहुंच गए अपने बैग से एक गोलाकार धातु की बनी डिवाइस बिल्डिंग ईटर की तरफ फेंकते हैं। सभी बिल्डिंग ईटर एक साथ उस डिवाइस की तरफ झपटते हुए भागते हैं। तब तक नचिकेत पुलिस की गाड़ी पर बैठ चुके थे।

पील्लाई, "ये क्या चीज थी?"

नचिकेत, "ये एक खास तरह की डिवाइस है, जिसमें इन बिल्डिंग ईटर की साउंड वेव है, जिससे वे सभी एक दूसरे से कनेक्ट होते हैं।"

सभी पुलिस वाले राहत की सांस लेते हुए, "जो भी हो मरते-मरते बचे।"

पील्लाई, नचिकेत को घूरते हुए, "क्या हम यहां इनके साथ खेलने आए हैं?"

नचिकेत खुश होते हुए , "हमें बहुत कुछ ऐसा मिला जो हमारे बहुत काम आएगा।"

तब तक वे लोग अब बिल्डिंग ईटर जोन से बाहर आ चुके थे।

9.

नचिकेत बिल्डिंग ईटर के शरीर की आंतरिक संरचना पर दिन-रात अपने लैब में प्रयोग कर रहे थे। अपने परीक्षण के अंतिम दौर पर थे। उधर बिल्डिंग ईटर की वजह से सरकार की परेशानी और बढ़ती जा रही थी। लोग बुरी तरह से प्रभावित थे, वातावरण पर बहुत ही घातक प्रतिकूल असर पड़ रहा था। एक दिन पील्लाई, नचिकेत के लैब में स्वयं ही पहुंच गई। नचिकेत बड़ी तन्मयता से कुछ रासायनिक यौगिक पर प्रयोग कार्य कर रहे थे।

पील्लाई, नचिकेत का ध्यान अपनी तरफ खींचते हुए, "ये क्या चल रहा है ?"

नचिकेत मुस्कुराते हुए, "क्या हुआ हमारे नए मेहमान कैसे हैं?"

पील्लाई, "हमारी तो सांस ही ऊपर नीचे नहीं हो रही, इतना परेशान कर रखा है।"

नचिकेत, पील्लाई का ध्यान अपनी तरफ खींचते हुए जैसे बिना कुछ कहे उनसे कुछ पूंछ रहे हों।

पील्लाई, "अब वे आकार में तेजी से बढ़ते जा रहे हैं, अब उन्हें रोकना संभव नहीं होगा। उनके शरीर से निकलने वाला इंसुलेटर का मलबा भी बढ़ता जा रहा है, जिसकी वजह से पर्यावरण पर विषैली गैस फैल रही है। जिस क्षेत्र में उनकी संख्या ज्यादा है, वहां पेड़-पौधे से लेकर पशु-पक्षी बड़ी तेजी से खत्म होते जा रहे हैं।"

नचिकेत लंबी सांस भरते हुए, "वाकई में ये बहुत ही डरावना है, किसी बुरे सपने की तरह।"

पील्लाई एक साथ कई सवाल दागते हुए, "उस दिन आपके हाथ क्या लगा? अब आगे क्या करने वाले हैं? हमें जल्द ही कोई ठोस कार्रवाई करनी पड़ेगी।"

नचिकेत अपनी सीट से उठते हुए "ओके, मैं तैयार हूँ, हम फुलप्रूफ तरीके से उन पर हमला करेंगे, इस बार वे नहीं बच पाएंगे, बोले तो खल्लास।"

पिल्लई बेरुखी से नचिकेत की तरफ देखते हुए मन ही मन ;कहाँ इस पागल के चक्कर में फस गई, बिना कुछ बोले वहां से जाने लगी ।

नचिकेत " आपने कुछ कहा मुझे सुनाई नहीं दिया ?"

पिल्लई अपने में ही बड़बड़ाते हुए वहां से चली जाती है। वहीं नचिकेत फिर से अपने काम में लग गए ।

10

सरकारी मुख्यालय में मीटिंग चल रही थी जहां सभी वरिष्ठ अधिकारी, सरकारी डिप्लोमेट के साथ रिसर्च फील्ड से जुड़े लोग भी मौजूद थे। नचिकेत सामने स्क्रीन पर प्रोजेक्टर के माध्यम से डेमो दे रहे थे।

3D इमैजिन के माध्यम से बता रहे थे, "इन जीवों की आंतरिक संरचना बहुत ही जटिल है, इनका पेट कैडमियम, मर्करी, आर्सेनिक जैसे तत्वों से भरा है, और हम सभी जानते हैं ये पर्यावरण के लिए कितने घातक हैं। ये पॉल्यूशन के बहुत बड़े सोर्स हैं, जब ये बहुत बड़ी मात्रा में निकलते हैं, तो वाटर और एयर पॉल्यूशन लेवल हाई हो जाता है। इससे निपटने के लिए हमारे पास सॉलिड प्लान है। हम हाइड्रोक्साइड कंपाउंड का इस्तेमाल करेंगे, ये जैसे ही उनके पेट में जाएगा, एक तरह से रिएजेंट की तरह काम करेगा, इससे उनके शरीर में कंपन, झटका महसूस होगा, उन्हें उल्टियां भी हो सकती हैं, ज्यादा मात्रा पेट में जाने से बेहोश भी हो सकते हैं।"

नचिकेत उनके लिए जरूरत भी थे और मजबूरी भी थे क्योंकि उनके पास फिलहाल इससे बेहतर कोई विकल्प नहीं था। वहाँ बैठे सभी लोगों ने नचिकेता के प्रस्ताव की प्रशंसा की और इस योजना पर आगे काम करने के लिए तैयार हो गए।

11.

रात के वक्त बिल्डिंग ईटर को घेरने के लिए नचिकेत के प्लान के हिसाब से पील्लाई के निर्देशानुसार पुलिस फोर्स जमीन और आसमान दोनों तरफ से आधुनिक रक्षा उपकरणों के साथ घेराबंदी शुरू कर दिया। बिल्डिंग ईटर पर सटीक निशाना लगाते हुए हाइड्रोक्साइड कंपाउंड से बने गोले उनके मुंह पर छोड़े जाने लगे। जैसे ही वे गोले उनके मुंह में जाते, वे बुरी तरह से छटपटाने लगे, इधर-उधर हाथ-पैर मारते हुए भागने लगे। जमीन पर गिरते ही उन पर विशेष प्रकार की इन्फ्लेमेटरी गन की मदद से सुरक्षा दल उन्हें पिघलाने की कोशिश करते हैं।

पील्लाई और नचिकेत एक बख्तरबंद गाड़ी में कंट्रोल सिस्टम से स्थिति का जायजा ले रहे थे। अपने मिशन को सफल होते देख पील्लाई बहुत खुश थीं। पील्लाई, नचिकेत की ओर देखते हुए, “डॉक्टर, आपकी शादी हो गई है?”

नचिकेत, पील्लाई की ओर घूरते हुए मन ही मन सोचने लगे;अचानक से इसे शादी की क्या सूझी, कहीं ये मुझ पर डोरे तो नहीं डाल रही हैं, लड़की होकर इतना ही हिंट देना काफी होता है। हां कहूं या ना, अच्छी तो मुझे भी लगती है, अपनी बीबी और बच्चों का ख्याल करते हुए लेकिन जो पहले से हैं उनका क्या होगा।”

इस उधेड़बुन में लगे थे तभी मोर्चे से जवानों के कमांडिंग ऑफिसर का सिग्नल मिला, "ये बहुत वाइल्ड हो चुके हैं, हम पर बुरी तरह से हमला कर रहे हैं... ये शहर से बाहर की ओर जा रहे हैं।"

पील्लाई , नचिकेत की ओर बेबसी, बेचैनी और लाचारी से देखते हुए जैसे अब सब कुछ उन्हीं के हाँथ में है "डॉक्टर, अब क्या करें?"

नचिकेत जैसे ही अपने ख्याल से निकले, "मैं तो कुछ और ही सोच रहा था।"

पील्लाई, "क्या सोच रहे थे?"

नचिकेत, बिल्डिंग ईटर को अपने स्क्रीन पर अंधेरे का लाभ उठाकर इधर-उधर भागते हुए देख "प्लान बी"

पील्लाई, "क्या है प्लान बी?"

नचिकेत ने अपना कंधा उठाते हुए, "फिलहाल कुछ कह नहीं सकता।"

उधर से कमांडर अगले आदेश के इंतजार में था, "हेलो, हेलो अब आगे क्या करना है?"

पील्लाई गहरी चिंता में डूबी थी, उसे कुछ समझ नहीं आ रहा था। तभी नचिकेत, पील्लाई का हौसला बढ़ाते हुए, "डोंट वरी।"

कमांडर को सिग्नल पास करते हुए, "मोर्चे पर डटे रहो, हमें आज रात तक सभी को खत्म कर ही देना है।"

कमांडर, "कैसे करना है?"

नचिकेत, "उनके पीछे भागते रहो, अपना निशाना सटीक रखो, ये गैस का गोला उनके मुंह में डालते रहो।"

सभी सुरक्षा के जवान ऐसा ही कर रहे थे लेकिन बिल्डिंग ईटर पर सटीक निशाना लगाना संभव नहीं था, वे बड़ी फुर्ती से पुलिस के बैरियर को तोड़ रहे थे, जान और माल दोनों की ही हानि हो रही थी। सुबह होने में कुछ ही घंटे बचे थे, हाइड्रोक्साइड के गोले भी खत्म होने की कगार पर थे। बिल्डिंग ईटर अभी भी भारी संख्या में पूरे इलाके में फैले थे। उधर नचिकेत कुछ प्रयोग पर गौर कर रहे थे।

पील्लाई झुंझलाते हुए, "तीन-चार घंटे से देख रही हूं, आप क्या कर रहे हैं? मुझे आप पर भरोसा करना ही नहीं चाहिए था। मुझे लगा पागल टाइप का आदमी है, अक्सर इस फील्ड से जुड़े लोग ऐसे ही होते हैं, ये भी जीनियस होगा, लेकिन मैं गलत थी।"

नचिकेत को जैसे कोई बहुत बड़ा क्लू मिल गया हो, पील्लाई की ओर देखते हुए, "अच्छी सोच है आपकी।"

अपने हाथ में कुछ डिवाइस लेकर अपने बैरियर से बाहर निकलते हुए आगे बढ़ने लगे। पील्लाई भी उनके पीछे-पीछे जाने लगी, "इस बार अकेले नहीं, मैं भी साथ चलूंगी।"

नचिकेत फुर्ती से बिना रोशनी का सहारा लिए एक ऊंची बिल्डिंग पर चढ़ने लगे। पील्लाई, नचिकेत को फॉलो करते हुए पीछे-पीछे चल रही थी, साथ ही कुछ गन मैन अलर्ट मोड़ पर थे यदि कोई बिल्डिंग ईटर हमला करे तो दूर खदेड़ सकें। नचिकेत हांफते हुए उस बिल्डिंग की छत पर ही आकर रुके। वहां से चारों तरफ अपनी नजर दौड़ाने लगे।

पील्लाई, नचिकेत से, "अब क्या इरादा है, यहां से जंप करने का तो नहीं?"

नचिकेत, पील्लाई की तरफ बिना देखे अपने बैग से एक डिवाइस निकालते हैं, कुछ दूरी पर रखकर उसे एक्टिवेट करते हैं। उस डिवाइस से एक अलग तरह की फ्रीक्वेंसी साउंड निकल रही थी।

पील्लाई, "ये आप क्या कर रहे हैं? ये तो वही खिलौना है जिसके साथ आप पहले भी इनके साथ खेलने आये थे। "

नचिकेत, "जैसे आप और मैं एक नहीं हो सकता, वैसे ही ये और वो एक नहीं हो सकता, कुछ समझ आया ? फिलहाल मेरे पास समझाने का समय नहीं है ।"

काफी समय होने पर भी उस बिल्डिंग के आस-पास कोई हलचल नहीं दिखी।

पील्लाई, नचिकेत को झिड़की देते हुए. "हो गया आपका तमाशा, कहां है वो?"

नचिकेत आगे बढ़कर उस डिवाइस को चेक करते हुए, "ये काम तो ठीक कर रहा है।"

तभी पील्लाई की नजर छत के एक कोने पर पड़ी, जहां से बिल्डिंग ईटर की चमकती हुई परछाई मालूम पड़ी। पील्लाई, छत से नीचे की ओर जैसे ही देखती है, सैकड़ों की तादाद में बिल्डिंग ईटर उस बिल्डिंग से चिपके थे।

पील्लाई चिल्लाते हुए, "डॉक्टर इधर देखिए।"

नचिकेत,बिल्डिंग ईटर को ऊपर छत की तरफ बढ़ता देख खुशी से, "काम हो गया।"

उस डिवाइस पर 10 मिनट का टाइमर सेट कर कर वहीं रख देते हैं, पील्लाई को वहां से भागने को कहते हैं। दोनों वहां से नीचे की तरफ भागने लगे। तभी उन्हें उस बिल्डिंग में सीढ़ियों पर कुछ बिल्डिंग ईटर दिखे।

पील्लाई, "अब क्या करें?"

नचिकेत अपने पीछे आने को कहते हैं, जैसे ही एक बिल्डिंग ईटर को क्रॉस करने लगे, पील्लाई के बूट की हलचल से एक

बिल्डिंग ईटर उसकी तरफ झपट्ते हुए पील्लाई को दूर फेंक देता है। पील्लाई लुढ़कते हुए दूर जा गिरी, तकरीबन मरते-मरते बची। नचिकेत उसे उठाते हुए तेजी से बिल्डिंग से बाहर निकलने लगे। उस बिल्डिंग से बाहर आते-आते 10 मिनट उसी बिल्डिंग में ही लग गए।

वहीं पील्लाई बेहोश थी उसे कुछ पता नहीं था कि वह कहां है। जैसे ही उस ख़ास तरह की डिवाइस से एक रंगीन घेरा बनते हुए अपनी रेंज कवर करता है हाई डेंसिटी का हीट फ्लो होता उससे निकलने वाली हीट तेजी से पूरी बिल्डिंग को झटके से ध्वस्त करने लगी, दीवारें आग की लपटों में जलने लगी। एक फ्लोर ही बचा था कि नचिकेत, पील्लाई को लेकर बिल्डिंग से नीचे जंप कर कर जाते हैं।

गनीमत थी जहां वो दोनों गिरे एक पेड़ था, उसकी डाल से लुढ़कते-लुढ़कते जमीन पर आ गिरे, वहां से सुरक्षा के जवानों की मदद से अपने बख्तरबंद गाड़ी में पहुंच गए। वह बिल्डिंग पूरी तरह से तबाह हो चुकी थी, वहां सिर्फ ऊंची उठती आग की लपटें, बिल्डिंग के साथ जलते हुए बिल्डिंग ईटर।

पील्लाई को जैसे ही होश आया, बाहर की तरफ देखते हुए, "डॉक्टर, यू हैव डन इट।"

फिलहाल के लिए बिल्डिंग ईटर जैसे विचित्र जीवों का संकट टल चुका था। लेकिन लोगों के जेहन में ये डर बैठ चुका था

बिल्डिंग ईटर फिर से आ सकते हैं मुमकिन है कि वे इंसानों को भी खाने लगें ।

***

नियोस

1.

पृथ्वी पर समुद्र जितना गहरा और रहस्यमय है,उतना ही पृथ्वी का ध्रुवीय क्षेत्र जिसे बर्फीली दुनिया भी कहते हैं। जहाँ बर्फ ही बर्फ है, कहीं से कहीं तक जीवन और जीव का कोई नामोनिशान नहीं। समय के साथ मनुष्य जितना विकास की ओर बढ़ रहा है, उससे कहीं अधिक विनाश की ओर भी अग्रसर है। जहाँ तक पहुँचने में हजारों साल लगे, उसे खत्म करने में शायद कुछ ही मिनट लगें और सब कुछ ख़ाख़ हो जाए। धरती से लेकर आसमान तक सब कुछ बदल रहा था। धरती के उत्तरी ध्रुव का हिस्सा आर्कटिक क्षेत्र चारों तरफ बर्फ की चादर से ढका हुआ; ऊँचे-ऊँचे बर्फीले पहाड़, आम इंसानों से लेकर वैज्ञानिकों तक के लिए हमेशा से कौतूहल का विषय रहा है।

शून्य से भी नीचे -50 तक का तापमान जीवन और जीव की संभावना को नकारता है। केवल कुछ ही प्रजातियाँ यहाँ रह पाती हैं, जैसे बर्फीले भालू, जिनके फर बहुत मोटे और घने

होते हैं। उनकी काली नाक सूर्य की रोशनी को अपनी ओर अवशोषित कर शरीर के अंदर ऊर्जा का स्तर बनाए रखती है। हालाँकि बहुत से देश वहाँ पर अपना दावा करते हैं, लेकिन फिलहाल के लिए वह सभी के लिए खुला था। कई देशों के वैज्ञानिक खोज कार्य में जुटे थे। वहीं पर भारत के भी वैज्ञानिक सालों से कुछ शोध कार्य कर रहे थे। सत्यजीत नाम के एक बायोलॉजिस्ट ने शोध के दौरान वहाँ पर कुछ अजीब तरह के डीएनए वाले जीवों की उपस्थिति का अंदाजा लगाया जो पृथ्वी पर मौजूद बांकी जीवों से पूरी तरह अलग थे। कुछ अजीब तरह के जीव *सब्सटेंशियल बॉडी* के रूप में डिटेक्ट होते हैं।

उन्होंने अपनी खोज में यह भी पाया कि ऐसे ही जीवों के कारण वहाँ के वातावरण में तेजी से परिवर्तन हो रहा है। वहाँ रहने वाले आसपास के कुछ जीवों पर लैब में एक्सपेरिमेंट के दौरान पाया कि इन जीवों के कारण बाकी जीवों की आदत, व्यवहार और प्रकृति भी बड़ी तेजी से बदल रही थी।

सत्यजीत ने अपने रिसर्च पेपर में कुछ चौंकाने वाले खुलासे किए जैसे कि; दुनिया के दो आयामों के बीच ट्रांजिशन हो रहा है, जिसके कारण पृथ्वी पर रहने वाले जीवों के डीएनए में बदलाव आ रहा है। भविष्य में यह संभव है कि जीवन की जानकारी वहन करने वाला डीएनए किसी और प्रकार के तत्व में परिवर्तित हो जाए, जो डीएनए को पूरी तरह से बदल

देगा। शायद वे तत्व भविष्य के जीव होंगे, जो वर्तमान सभ्यता से कहीं बेहतर या बदतर भी हो सकते हैं। सत्यजीत ने ऐसे भविष्य के जीवों को "नियोस" नाम दिया। हालाँकि, उनकी यह रिसर्च लोगों के लिए बेहद रोचक और कौतूहल का विषय थी। नियोस के बारे में अधिक जानने की जिज्ञासा लोगों में थी, लेकिन किसी अवधारणा को वास्तविकता मान लेना और उस पर विश्वास करना, वह भी बिना किसी प्रमाण के संभव नहीं था। इसे भी एक तरह से एक दार्शनिक थ्योरी या थिसिस कहा गया।

अंतर्राष्ट्रीय मंच पर प्रमाणिक सबूतों का कोई ठोस आधार न होने के कारण उनकी थ्योरी को खारिज कर दिया गया। सत्यजीत को निराशा तो हुई लेकिन यह उनकी इस यात्रा का केवल प्रारंभिक चरण था। उन्हें मालूम था कि लोगों की प्रतिक्रिया कुछ ऐसी ही होगी। अपनी थिसिस को पुख्ता तरीके से दुनिया के सामने रखने के लिए वे अपने काम में और प्रगति लाना चाहते थे।

सत्यजीत ने जापानी भौतिक विज्ञानी "शु ली" के साथ मिलकर अपने कार्य को आगे बढ़ाने का निर्णय लिया। शु ली के लिए भी यह एक नए तरह की चुनौती थी। एक दुनिया का दूसरी दुनिया में ट्रांजिशन कैसे हो सकता है, वह भी एक ही समय और स्थान पर।

शु ली कई वर्षों से गॉड पार्टिकल या कहें परमाणु से भी अति-परमाणु विषयों पर शोध कार्य कर रही थीं। अपनी रिसर्च टीम के साथ मिलकर उन्होंने एक खास तरह की डिवाइस का निर्माण किया जो डीएनए को परमाणु से भी अति-परमाणु, यानी सबसे बुनियादी स्तर पर लेकर परीक्षण करने में सक्षम था।

2.

सत्यजीत और शु ली अपनी रिसर्च टीम के साथ नॉर्थ पोल के आर्टिक क्षेत्र पर जाने का निर्णय लेते हैं, जहाँ पर खून को जमा देने वाली भीषण ठंड से बचने के लिए थर्मल कैम्प बनाए जाते हैं। जहाँ तक संभव था वे जा सकते थे, सुरक्षित तरीके से आगे की योजना में बढ़ने लगे।

शु ली और उनकी टीम उन बर्फीले तूफानों के बीच अपने चॉपर से आर्टिक क्षेत्र के केंद्र तक पहुँचने में सफल हो जाते हैं, जहाँ से आगे बढ़ना उनके लिए असंभव सा लग रहा था, जैसे कोई अज्ञात शक्ति उन्हें पीछे की ओर धकेल रही हो। तभी उनका चॉपर एक तेज़ बर्फीले तूफान में फंस जाता है, चालक अपना नियंत्रण पूरी तरह से खो देता है, उनके सामने पूरी तरह से सब कुछ ब्लैंक हो जाता है, बस ऐसा अहसास होता है कि वे नीचे की ओर बड़ी तेजी से बढ़ते जा रहे हैं।

शु ली, सत्यजीत और उनकी टीम की जब आँखें खुलती हैं तो वे खुद को बर्फ से ढकी एक गुफा में पाते हैं। वह जगह एक अलग ही तरह की दुनिया जैसी थी, जहाँ जीवन की कोई संभावना नहीं थी, फिर भी वे लोग ज़िंदा थे, उनके दिल धड़क रहे थे, और वे सांस भी ले पा रहे थे।

शु ली खुद को और अपने लोगों को ज़िंदा पाकर खुशी जाहिर करती हैं, "थैंक गॉड, हम ज़िंदा हैं।"

सत्यजीत और उनके साथ के लोग वहाँ की दुनिया देख कर आश्चर्य से, "ज़िंदा हैं, मगर कब तक?"

वह जगह जो बाहर से तो बर्फ से ढकी थी, लेकिन अंदर से किसी लूप की तरह मालूम पड़ रही थी। उनके साथ और भी जो लोग थे, वे सभी डर से इधर-उधर भागने की कोशिश करते हैं, लेकिन वे सब वहां से निकल नहीं पाते, घूम-फिरकर फिर वहीँ आ जाते हैं। सत्सजीत, शु ली से, "लगता है, अब हम यहां से कभी नहीं निकल पाएंगे ?"

शु ली,"अगर ऐसा हुआ तो बहुत बुरा होगा।" सत्यजीत और शु ली जिस "नियोस" के बारे में वर्षों से अपने लैब में प्रयोग कर रहे थे, वे जीव उनके सामने थे, जैसे किसी परछाई की तरह महसूस होने वाले जीव, एक तरह से स्थिर शारीरिक रचना, जो किसी खास तरह की परिवर्तित ऊर्जा से बनी थी।

सत्यजीत और शु ली उन्हें अपनी खुली आँखों से नहीं देख पा रहे थे लेकिन उनके मानसिक चित्र में उनकी छवि स्पष्ट बन रही थी। यह सब कैसे हो रहा था, यह उन्हें भी नहीं पता था। तभी "नियोस" उनके शरीर से जैसे झोंके की तरह गुजरते हैं, जैसे किसी ने उनकी बॉडी को स्कैन कर लिया हो। उनकी चेतना से उठने वाले हर सवाल का जबाव उन्हें इको की तरह सुनाई पड़ा, "इंसान मरने से बहुत डरते हैं।" सत्यजीत और शु ली के मन में कई तरह के सवाल उठ रहे थे, "तुम कौन हो? ये सब क्या है?"

3.

शु ली, सत्यजीत और उनके साथ वाले उन्हीं नियोस के सम्मोहन से आगे बढ़ने लगे, एक ऐसी जगह पर पहुँच गए जहाँ पर दो दुनियाँ आपस में ट्रांज़िट हो रही थीं। एक चमकदार घेरे जैसा, जो पृथ्वी की भौतिक दुनिया को किसी पर्दे की तरह हटाकर दूसरी दुनिया से रूबरू करवा रही थी। शु ली और सत्यजीत के मन में उठने वाले सवालों के जवाब उन्हें स्वतः मिलने लगे नियोस कहाँ से आए, वे कौन हैं। उन्हें ऐसी जगह दिखाई देती है, जहाँ के लोग एक साथ कई अस्तित्वों में रहते हैं, वे एक ही समय पर जीवन के कई अनुभव साथ में ले सकते थे।

वहाँ पर कुछ भी किसी के द्वारा नियंत्रित नहीं था, सबकुछ स्वचालित और स्वतः क्रियाशील था। वे एक छाया की तरह

थे, जिनकी आकृति और प्रकृति परिवर्तनशील थी। सत्यजीत और शु ली की चेतना से जैसे कोई भौतिक आवरण का द्वंद्व टूटा, वे स्वयं को भी उन्हीं जीवों में से उसी आयाम में पाते हैं। एक ऐसी दुनिया जहाँ मनुष्य और उसका जीवन भौतिकता का आवरण भी धारणा की तरह था।

***

साइबॉर्ग

1.

मानवता एक ऐसे परिवर्तन के दौर से गुज़र रही थी जहां मानव शरीर और नैनो तकनीक के मिलन से एक नई तरह की क्षमता या कहें जीवन का निर्माण हो रहा था। ये नई पीढ़ी के जीव जो पृथ्वी पर होने वाले बदलावों और जटिल वातावरण में जीवित रहने के लिए तैयार थे, उन्हें भविष्य का मानव या 'साइबॉर्ग समुदाय' कहा जाता था।

ये साइबॉर्ग, मानवों की तरह ही भावनाएं और व्यवहार रखते थे। लेकिन तकनीकी संवर्धन के कारण उनके शारीरिक ढांचे में जटिल रासायनिक परिवर्तन हुए थे। उनके शरीर की नियंत्रण प्रणाली भी मानवों से भिन्न थी। मानव शरीर में कई स्वायत्त प्रक्रियाएं होती हैं, जिन पर हमारा नियंत्रण नहीं

होता, जैसे कि सांस लेना, पाचन, आदि। लेकिन साइबॉर्ग इन सभी प्रक्रियाओं को नियंत्रित करने में सक्षम थे।

हालांकि, समय के साथ ये साइबॉर्ग आम मानवों के लिए एक चुनौती बनते जा रहे थे। वे अपने से अलग हर जीव के प्रति हिंसक हो जाते थे। इंसानों द्वारा बनाए गए किसी भी नियम ,कानून को वे नहीं मानते थे। वे जहां भी रहते इंसानों की दखलंदाजी बिल्कुल पसंद नहीं करते थे। आए दिन समाचार में हिंसक घटनाओं की खबरें आती रहती थीं।

शासन और प्रशासन भी साइबॉर्ग समुदाय को आम नागरिकों से बचाने में नाकाम साबित हो रहे थे। सरकार ने साइबॉर्ग समुदाय की प्रमुख माया को एडवाइजरी जारी किया; अपने समुदाय के लोगों को इंसानों से दूर रखें, नहीं तो उनके खिलाफ कार्रवाई की जाएगी।

माया अपने समुदाय का पक्ष लेते हुए यही दलील देती; वे अभी इंसानों के साथ संतुलन बनाना सीख रहे हैं। माया ने सरकारी आदेश को खाली धमकी समझते हुए अपने शातिर मंसूबों को अंजाम तक पहुंचाने में लगी थी । माया को अपने और अपने समुदाय के जीवों पर पूरा भरोसा था। उसे लगता था कि इंसान उसका कुछ नहीं बिगाड़ सकते, वे इंसानों से बेहतर हैं, भविष्य उनका ही है। जीवन की परिस्थितियां जितनी जटिल होती जा रही थीं, इंसानों का पृथ्वी पर जीवन उतना ही मुश्किल होता जायेगा ।

एक समय ऐसा आएगा जब इंसानों का जीवन साइबोर्ग के रहमो-कर्म का मोहताज होगा।

2.

साइबॉर्ग समुदाय के लोग इंसानों पर कहीं भी, किसी भी समय हमला कर देते थे। घर हो, दफ्तर हो, शॉपिंग मॉल हो, सड़क पर चलते हुए लोग हों, गाड़ी पर चलते हुए लोग हों, भारी तादात में इंसानों को जान-माल का नुकसान उठाना पड़ता। आम लोग और मीडिया का सरकार पर से भरोसा उठने लगा, उधर सरकार पर लगातार दबाव बढ़ता जा रहा था। सरकार ने साइबॉर्ग समुदाय से निपटने का सख्त फैसला लिया। पुलिस बल को खुली छूट दे दी गई। जहां भी साइबॉर्ग समुदाय के लोग दिखाई देते उन्हें गोली मार दी जाती।

सामान्य गोलियां साइबॉर्ग पर कोई असर नहीं करती थीं, उनकी डैमेज सेल बड़ी तेजी से रिकवर हो जाती इसलिए साइबॉर्ग समुदाय से निपटने के लिए विशेष प्रकार की हाई इंटेंसिटी फायर गन का इस्तेमाल किया जाता था। साइबॉर्ग समुदाय के लोगों को बड़ी संख्या में मारा जाने लगा, माया ने अपने समुदाय की सुरक्षा के लिए सरकार से समझौता किया; वह अपने समुदाय को इंसानी इलाकों से दूर ले जाएगी।

माया अपने समुदाय के लोगों को वीरानों में इंसानों से दूर ले गई, जहां कई सालों तक उनका कुछ पता नहीं चला, वे

कहां गए, किस हाल में हैं, वे जिंदा भी हैं कि नहीं। लेकिन इंसानों के लिए अच्छी खबर थी, अब उनके सिर से खतरा पूरी तरह से टल चुका था। समय के साथ फिर से परिस्थितियां सामान्य होती गईं। लोगों के अंदर फिर से सुरक्षा और भयमुक्त माहौल पनपने लगा।

शायद यह प्रलय के पहले की खामोशी थी जो अपना सिर उठाकर आगे बढ़ने को तैयार थी। माया फिर लौटी लेकिन इस बार वह कमजोर प्रतिद्वंद्वी के रूप में नहीं बल्कि कई गुना ताकत के साथ लौटी, जिसका सामना इंसान तो क्या इंसानों द्वारा निर्मित किसी भी प्रकार के हथियारों द्वारा नहीं किया जा सकता था।

माया, आसमान में बदलों के झुंड के रूप में आगे बढ़ती, उन बदलों में बिजली सी चमकती, लाल रंग की खूनी बारिश होती, जैसे आसमान से पत्थरों की बौछार हो रही हो। इंसानी हड्डियां, मांस के लोथड़े जमीन पर बिखरते। जो भी उन बदलों के नीचे इंसान या जीव आते, किसी वैक्यूम की भांति उन्हें जमीन से खींच लेती। वे सभी बादलों में समा जाते। किसी भारी मशीन की तरह उन बदलों का आपस में घर्षण, चक्रण होने लगता। उन जीवों को पत्थरों की तरह पीसकर जमीन पर फेंक देती।

माया जहां से भी गुजरती, इंसानों का समूल विनाश कर देती। इंसानों द्वारा किया गया कोई भी जमीनी और हवाई हमला

कारगर साबित नहीं हो रहा था। वहीं माया अपने आकार को बदलने में माहिर थी। देखते ही देखते अपने आकार को बड़ा कर लेती, उस पर किसी प्रकार का हमला होने पर अपना आकार छोटा कर बदलों के बीच ही छिप जाती। माया के कहर से चारों तरफ भय और अफरातफरी फैलने लगी। लोग माया के प्रकोप से बचने के लिए अपने घरों के अंदर दुबक गए।

3.

पुलिस और प्रशासन के लिए कानून व्यवस्था बनाए रखना मुश्किल हो गया था। राज्य के मुख्यमंत्री ने इस समस्या से निपटने के लिए एक टास्क फोर्स गठित की और इसका नेतृत्व एक वरिष्ठ पुलिस अधिकारी कंबोज को सौंपा गया।

कंबोज ने माया पर सीधा हमला करने के बजाय, उसके गुप्त ठिकाने का पता लगाने की योजना बनाई। साइबॉर्ग समुदाय के लोग एक दूरस्थ पहाड़ी इलाके में अपना बेस कैंप बनाकर रहते थे, जहां माया इंसानों पर तरह-तरह के प्रयोग करती और उन्हें परिवहन के साधन के रूप में इस्तेमाल करती थी। साइबॉर्ग समुदाय के बहुत ही खतरनाक लड़ाके इस बेस कैंप की जमीनी और हवाई सुरक्षा करते थे। एक दिन अचानक से कंबोज ने अपनी टीम के साथ पूरी ताकत से साइबोर्ग के बेस कैंप पर हमला किया।

इस जमीनी और हवाई जंग में पुलिस बल के कई जवान मारे गए लेकिन कंबोज और उनकी टीम को आंशिक सफलता मिली। माया का बेस कैंप पूरी तरह से तबाह हो चुका था, साइबॉर्ग समुदाय के लोग वहां से पलायन कर चुके थे ।

इस घटना के बाद माया और भी हिंसक और उग्र हो चुकी थी। वह इंसानों को पूरी तरह से खत्म करने पर आमादा थी। उधर कंबोज बोज और उनकी पूरी टीम को पहले से ही इस बात का अंदेशा था। उन्होंने आधुनिक घातक अस्त्र और शस्त्रों का प्रयोग किया लेकिन नतीजा सिफर ही रहा। माया इंसानों की सोच से भी ज्यादा चालाक थी। वह अपना आकार इतना छोटा कर लेती कि बादलों को आसमान में दूर-दूर तक फैला देती, जिससे उसकी स्थिति का कहीं से कहीं तक अंदाजा न लगाया जा सके।

कंबोज और उनकी टीम हताश और निराश हो चुकी थी। उधर माया का खूनी तांडव जारी था। कंबोज को कोई उम्मीद दूर-दूर तक नजर नहीं आ रही थी। उधर सरकार से भी उन पर दबाव बढ़ता जा रहा था। मुख्यमंत्री ने उन्हें इस मिशन से हटाने का अल्टीमेटम पहले ही दे चुके थे। लेकिन कमबोज ने हार नहीं मानी, वह बस एक और मौके की तलाश में थे।

4.

कंबोज अपने कमरे में अकेले बैठकर कई दिनों तक माया के क्लोज वीडियो फुटेज निकालकर बड़ी बारीकी से परीक्षण कर रहे थे। लेकिन उनके लिए समस्या का सबब यह था कि जो सामने है उससे तो लड़ा जा सकता है लेकिन जो सामने नहीं है, उसका सामना करना संभव नहीं था। कई दिनों की मेहनत और मशक्कत के बाद उन वीडियो फुटेज को देखते-देखते उनकी नजर बार-बार बादलों के बीच एक लाल धब्बे पर जाकर ठहर जाती।

माया जब इंसानों पर हमला करती थी, वह एक लाल धब्बे के रूप में सामने आती थी। कंबोज को पूरी बात समझ आ चुकी थी। एक विशेष रणनीति बनाकर अपनी टीम के साथ इस बार अंतिम हमले की तैयारी में जुट गए । पूरी तैयारी के साथ माया की घेराबंदी शुरू कर दी। घातक अग्नि शमन यंत्रों की सहायता से माया को भीड़-भाड़ वाले इलाके से दूर खींच ले गए। माया कीड़े-मकोड़े की तरह सभी जवानों को खींचकर किसी चक्की की तरह पीसकर जमीन में फेंक देती है।

कंबोज अब तक अपने युद्धक विमान से सिर्फ निर्देश दे रहे थे लेकिन हालात तेजी से बद से बदतर होते देख खुद ही मोर्चा संभाल लेते हैं। उधर आर्मी के जवान उस पर आक्रमण करना जारी रखते थे।

कंबोज धैर्य और संयम के साथ अवसर की प्रतीक्षा में थे। माया जैसे ही हमले से बचकर जवानों पर आक्रमण करने को होती है, उन भयानक विशाल बादलों में लाल धब्बे टिमटिमाने लगते हैं। कमबोज सीधे उसके मुंह के सामने थे, अल्ट्रासोनिक हथियार से उस पर हमला कर देते हैं।

माया जमींदोज होकर नीचे गिर जाती है राख के ढेर में तब्दील हो गई। साइबॉर्ग समुदाय के बचे हुए जो जीव थे, डर और भय के कारण इंसानी इलाकों को छोड़कर भाग खड़े हुए। वहीं इंसानों के ज़हन में भी यह डर बैठ गया था कि कहीं साइबॉर्ग समुदाय फिर से वापस न लौटे। अगर ऐसा हुआ तो हमला किस तरह होगा कहना मुश्किल था।

***

ऑटोमेशन

1.

एक ओर दुनिया प्रलय की स्थिति में थी तो दूसरी ओर विज्ञान की प्रगति अपने चरम पर थी। इंसान पूरी तरह से मशीनी उपकरणों से घिरता जा रहा था। हवा से लेकर जमीन तक चलते-फिरते घर से लेकर वाहन तक सब कुछ चलायमान था। न इंसान स्थिर था न ही उसकी बुद्धि। इन सब वैज्ञानिक प्रगति और चुनौतियों के बीच इंसानी जीवन धरती पर अपने अस्तित्व को बचाने की जद्दोजहद भी कर रहा था।

एक ओर जहाँ खुशहाल जीवन वैभव और विलासिता थी तो दूसरी तरफ गरीबी और भुखमरी से जूझते हुए लोग। नौकरियां खत्म हो रही थीं, बड़ी-बड़ी कंपनियां ही सर्वाइव कर पा रही थीं। AI और रोबोट ने इंसानों की जगह ले ली थी। डेटा चोरी, वित्तीय धोखाधड़ी जैसी समस्याएं एक अलग चुनौती थी। लोग इतने आरामतलब और निकम्मे हो चुके थे कि हर काम फास्ट और ईज़ी वे पर करना चाहते थे।

“एलएनपी” नाम की एक ऑटोमेशन कंपनी थी जो हर सेक्टर से इंसानों को रिप्लेस कर अल्टरनेटिव सॉल्यूशन प्रोवाइड करने का काम करती थी। इस कंपनी के चलते व्यापक बेरोजगारी, समाज में अराजकता फैलने लगी। एलएनपी कंपनी के मालिक को जैसे इन चीजों से कोई फर्क नहीं पड़ता था, वह बस अपनी कंपनी का मार्केट शेयर और मुनाफा

बढ़ाने में लगे थे। वहीं प्रणव नाथ जो मानवाधिकार आयोग के अध्यक्ष एक बेदाग छवि पूर्व न्यायाधीश रह चुके थे। जीवन में उन्होंने कभी एक पैसा घूस नहीं लिया, सरकार की तरफ से जो वेतन मिलता उसी से अपना और अपने परिवार का गुजारा करते रहे। उनकी इसी बेदाग छवि के चलते ही उन्हें मानवाधिकार आयोग में अध्यक्ष पद दिया गया था। प्रणव नाथ की तरफ से कई नोटिस एलएनपी कंपनी को दिया गया लेकिन उन्हें कोई रिस्पॉन्स नहीं मिल पा रहा था।

2.

अंततः प्रणव नाथ एक दिन अपने कुछ साथी एक्टिविस्ट को साथ लेकर एलएनपी कंपनी के दफ्तर पहुंचे। एलएनपी कंपनी का ओनर मिलन खुराना पहले तो प्रणव नाथ से मिलने से मना कर दिया लेकिन बढ़ते दबाव बाहर हो रहे प्रदर्शन को देखते हुए मिलन को प्रणव नाथ से आखिरकार मिलना ही पड़ा।

मिलन एक अमीर रुतबेदार आदमी था, दुनिया को मशीन युग में बदलने के चक्कर में खुद भी मशीन जैसा ही व्यवहार करने लगा था। उसमें ह्यूमन इमोशन, ह्यूमैनिटी की अब कोई जगह नहीं थी। प्रणव नाथ जैसे ही उसके केबिन में

दाखिल हुए मिलन खुराना सीधे सपाट लहजे में, "जो बात कहनी है, ब्रीफ में कहिए।"

प्रणव नाथ भी उसी के लहजे में, "आप जो भी कर रहे हैं, बंद कीजिए, यह न तो कानून के हिसाब से सही है, न ही इंसानियत के लिए।"

मिलन खुराना, "इफ आई से नो, देन व्हाट विल यू डू?"

प्रणव नाथ "हम रोकेंगे और रोक कर दिखाएंगे।"

मिलन "ओह! आई सी... मैं भी देखना चाहूंगा, क्या कर सकते हो।"

प्रणव नाथ जैसे ही कुछ बोलने को हुए मिलन खुराना अपनी कुर्सी घुमाते हुए पीछे मुड़ जाता है "योर टाइम हैज ओवर नाउ।"

प्रणव नाथ को बुरा तो लगा लेकिन कुछ बोला नहीं। गुस्से में उठकर उसके केबिन से निकल आये। मन ही मन ठान लिया था कि इसकी कंपनी को बंद करवाकर ही रहेंगे।

3.

प्रणव नाथ कई सामाजिक संगठनों के साथ मिलकर एलएनपी कंपनी के बाहर धरना, प्रदर्शन, जुलूस निकाले । सरकार की तरफ से भी दबाव बनाया जाने लगा। मिलन खुराना की भी पकड़ कमजोर नहीं थी।

वह एक बहुत ही शक्तिशाली व्यक्ति था। सरकार के बड़े मंत्री से लेकर पुलिस तक सब अपने लाभ के लिए उसकी चाकरी करते थे। प्रणव नाथ को निपटाने की पहले से ही सारी तैयारी कर ली थी। अब वक्त था उसे अंजाम तक पहुंचाने का। मिलन खुराना, प्रणव नाथ के करीबी सहयोगी, विमल अरोड़ा को पैसा और पद का लालच देकर अपने पक्ष में कर लिया।

प्रणव नाथ के खिलाफ गहरी साजिश रची गई। एलएनपी कंपनी की एक महिला कर्मचारी के साथ यौन शोषण का गंभीर आरोप लगाया गया। मामला अदालत तक पहुंच गया, जिस जज ने जीवन भर न्याय दिया, वही न्याय के लिए कटघरे में खड़ा हो गया। विमल अरोड़ा ने प्रणव नाथ के खिलाफ गवाही दी । कई ऐसे अल्टर वीडियो और सबूत दिए जो प्रणव नाथ के खिलाफ थे। प्रणव नाथ को सात साल की जेल भी हो गई।

प्रणव नाथ के जेल जाने के बाद उनका आंदोलन भी बिखर गया। इस घटना के बाद उन्हें गहरा सदमा लगा, कुछ दिन बाद जेल में ही उनकी मृत्यु हो गई। प्रणव नाथ के परिवार में उनकी पत्नी उर्मिला और एक बेटी मीरा थी जो अभी कॉलेज में पढ़ती थी। वे दोनों अपने घर, परिवार और समाज में जिस पति और पिता की ईमानदारी की दुहाई देती थीं,

गर्व से सिर उठाकर चलती थीं, उसी के कारण इतना बड़ा कलंक लगा जिसका दाग मिटाए नहीं मिट सकता था।

मीरा और उसकी माँ का परिवार और मोहल्ले में उठना-बैठना, निकलना दुर्बोध हो गया था। प्रणव नाथ की वास्तविकता न तो मीरा को पता थी न ही उसकी माँ को, वे दोनों भी प्रणव नाथ को ही कहीं न कहीं दोषी समझ रहे थे।

4.

मीरा और उसकी माँ बदनामी के डर से जो संपत्ति थी, बेचकर किसी ऐसी जगह चले गए जहां उन्हें कोई न जानता हो। विमल अरोड़ा, प्रणव नाथ की जगह अध्यक्ष पद पर काबिज हो गया, ऐशो आराम की जिंदगी जीने लगा, वहीं मीरा और उसकी माँ गुमनाम जिंदगी जी रहे थे।

मीरा पढ़ी-लिखी थी सो अपना और अपनी माँ का भरण-पोषण करने के लिए किसी स्कूल में बच्चों को कंप्यूटर सिखाकर गुजारा कर रही थी। धीरे-धीरे वे दोनों माँ-बेटी इस गम से उबर ही रहे थे कि उनकी जिंदगी में फिर से एक नया भूचाल दस्तक देने वाला था। एक दिन मीरा को एक ईमेल मिलता है; "यदि तुम अपने पिता की सच्चाई जानना चाहती हो तो इस पते पर आना होगा।"

मीरा ने उस मेल को नज़रअंदाज कर दिया। मेल स्पैमर आईडी से था, मीरा ने सोचा कोई फ्रॉड होगा। लेकिन कुछ

दिन बाद उसे फिर से एक मेल किसी वैलिड नाम से मिलता है, जिसमें उसके पिता की कुछ फोटो और सीक्रेट फाइल थी। उसमें एक एड्रेस भी था जो हिमाचल के किसी छोटे कस्बाई इलाके का था। मीरा के मन में यह बात तो थी उसके पिता की सच्चाई का पता तो चले, उसे भी इस बात का यकीन नहीं था कि उसके पिता ने खुदखुशी की है, उन्हें भी न्याय मिलना चाहिए वे भले ही इस दुनिया में नहीं हैं । मीरा ने हिम्मत कर जोखिम उठाने की सोची उस पते पर जाने के निर्णय लिया।

5.

वो जिस घर का पता था बिल्कुल एकांत में एक टूटा-फूटा लकड़ी का घर था। मीरा ने वहाँ पहुंचकर कई बार आवाज दी । लेकिन जब किसी के होने की कोई आहट नहीं मिली, मीरा अंदर की ओर चली गई। देखा सब सामान इधर-उधर बिखरा पड़ा है। मीरा को बहुत आश्चर्य हुआ। मीरा थोड़ा डरी सहमी कहीं उसके साथ कुछ गलत तो नहीं हो रहा। जैसे ही वह घर के किचन में पहुंची उसके पैरों के नीचे आवाज आती हुई मालूम हुई। मीरा के पैर जैसे ही एक चौकीदार शीट पर पड़े वो स्लाइड की तरह गोल-गोल घूमते हुए नीचे जाने लगी। मीरा जब तक कुछ समझ पाती वो नीचे पहुंच चुकी थी।

मीरा ने देखा वहाँ एक नौजवान युवक, कई सारे इंस्ट्रूमेंट, कंप्यूटर से घिरा है। वो नौजवान जिसका नाम अविनाश था, मीरा की तरफ बिना देखे, "तुम आ गई।"

मीरा उसे देखकर डरते हुए, "कौन हो तुम, मुझे यहाँ क्यों बुलाया?"

अविनाश, मीरा की तरफ घूमते हुए, "तुम्हें इंसाफ दिलाने के लिए।"

मीरा, "कुछ समझी नहीं।" अविनाश, मीरा की बातों को अनसुना करते हुए अपने कंप्यूटर की स्क्रीन की तरफ मुड़ गया।

मीरा, "तुमने जवाब नहीं दिया।"

अविनाश, मीरा को अपने कंप्यूटर स्क्रीन की तरफ देखने को कहता है। मीरा उस कंप्यूटर स्क्रीन में जो कुछ देखती है, देखते ही दंग रह जाती है। उस वीडियो में जेल के अंदर उसके पिता का कत्ल होते दिखाया गया था।

अविनाश, "ये प्लान्ड मर्डर है।"

मीरा "तुम कौन हो?"

अविनाश उसकी बातों को अनसुना कर, "तुम्हें कैसे भी कर विमल अरोड़ा तक पहुंचना होगा।

तुम्हारे फादर ने मिलन खुराना के खिलाफ जो सबूत जुटाए थे उसी के पास है, तुम्हें वो हासिल करना होगा।"

मीरा, "तुम कौन हो और मैं तुम्हारा भरोसा क्यों करूं?"

अविनाश, "तुम्हारे फादर को मेरी काबिलियत पर बहुत भरोसा था। मैं एक सॉफ्टवेयर इंजीनियर था, अभी भी हूं... बाय द वे... ऑटोमेशन के कारण मेरी जॉब चली गई, ये सिर्फ मुझ अकेले की समस्या नहीं थी, सभी पढ़े-लिखे युवाओं की है, इसी के चलते मैं तुम्हारे फादर के संपर्क में आया, एक वॉलंटियर के रूप में उनके साथ काम किया। दुनिया में बढ़ते जॉब ऑटोमेशन के खिलाफ लड़ना चाहता था, लेकिन उन्हीं के सहयोगी विमल अरोड़ा ने उन्हें धोखा दिया, मिलन खुराना के साथ मिलकर तुम्हारे फादर को मरवाया गया और वो खुद उनकी जगह पर पहुंच गया, एवरीथिंग इज वेल प्लान्ड।"

मीरा, गंभीर होते हुए, "सवाल भरोसे का नहीं है, न ही मेरी जान का, जो तुम मुझे करने को कह रहे हो उसके बारे में मुझे कुछ पता नहीं, ये काम मैं कैसे कर पाउंगी?"

अविनाश, "इसकी चिंता तुम मत करो, मैं तुम्हें एक ऐसा असिस्टेंट दूंगा जो इंविजिबली तुम्हारी हेल्प करेगा, जिसकी मदद से तुम अपने सामने वाले व्यक्ति की मानसिक स्थिति को बदल सकती हो।"

अविनाश, मीरा के साथ कई महीनों तक उसी प्रोजेक्ट में लगा रहा। फ़ाइनली मीरा जब पूरी तरह ट्रेन्ड हो गई, अविनाश मीरा की आँखों में एक सेंसिटिव डिवाइस सेट करता है, जो इंसान की थॉट प्रोसेस को रीड कर सामने वाले व्यक्ति की ब्रेन प्रोसेस को कंट्रोल कर सकता था। मीरा ने सोचा पहले अविनाश पे ही ट्राय कर देखा जाए ये कैसे काम करता है।

मीरा जैसे ही अविनाश को देखती है, मीरा के थॉट प्रोसेस के हिसाब से अविनाश के थॉट बदलने लगते हैं। अविनाश, मीरा के गले लग कर किस करने लगता है। झटके से अलग होते हुए, अविनाश, "ठीक है, अभी काम पे फ़ोकस करते हैं।"

6.

मीरा और अविनाश एक प्लान के तहत आगे बढ़ने लगते हैं। मीरा, विमल अरोड़ा के घर कूरियर के बहाने पहुंचती है। जैसे ही मीरा गेटकीपर की आँखों में देखती है, गेटकीपर मुस्कुराते हुए उसे अंदर जाने देता है। मीरा गेट के पास पहुँच कर दरवाजा नॉक करती है, विमल अरोड़ा की पत्नी दरवाजा खोलती है। मीरा एक पार्सल आगे बढ़ाती हुई, उसकी आँखों में देखती है। विमल अरोड़ा की पत्नी मीरा को देखते ही उसे अपने साथ अंदर ले जाने लगती है, अपने कमरे में ले जाकर सामने रखे एक कंप्यूटर की तरफ इशारा करती है।

मीरा उससे जो पूछती वह वही जवाब देती। मीरा, विमल के कंप्यूटर से लेकर पूरा रूम छान मारा लेकिन उसे वहाँ कुछ नहीं मिलता। मीरा, निराश होकर वहाँ से जाने लगती है। जैसे ही गेट के पास पहुंची, विमल अरोड़ा की पत्नी मीरा के प्रभाव से बाहर आते हुए, "कौन हो तुम, किस काम से आई हो?"

मीरा, "अभी तो आपको एक कूरियर दिया।"

विमल अरोड़ा की पत्नी सोचने लगती है, उसे बस इतना याद था कि आते ही इसने उसे एक पार्सल दिया उसके बाद जो कुछ हुआ उसे कुछ याद नहीं था।

7.

विमल अरोड़ा जैसे ही घर पहुंचे उनकी पत्नी वो पार्सल देते हुए विमल जैसे ही वो पार्सल देखता है, उसके माथे पर सिकन पड़ने लगती है। आनन-फानन में बिना कुछ बोले यहाँ से अपनी कार में बैठकर दफ्तर की ओर जाने लगता है। जैसे ही वह अपने गेट से बाहर निकलता है, मीरा उसकी कार की विंडो नॉक करती है। विमल जैसे ही खिड़की का शीशा नीचे करता है, मीरा उसकी आंखों में देखती है जैसे कुछ सेकंड के लिए फ्लैश लाइट जली। विमल फैंटासाइज हो गया, साइड गेट ओपन करता है।

विमल अरोड़ा अपनी कार स्टार्ट कर चलने लगता है, कार सड़क पर दौड़ रही थी, मीरा कार में पीछे रखा विमल अरोड़ा का लैपटॉप ओपन कर उससे डेटा रिट्रीव करने लगती है।

कई सीक्रेट फाइल, वीडियो अपने चिप में ट्रांसफर कर लेती है। उस डिवाइस की मदद से अविनाश भी मीरा से कनेक्ट रहता है, रिमोट लोकेशन से ही सारी एक्टिविटी को ऑब्जर्व कर रहा था, मीरा को शाबाशी देता है, "वेल डन।"

मीरा ने विमल अरोड़ा को कार साइड में रोकने का इशारा करती हैं, मिलन एक जगह कार साइड में लगा देता हैं मीरा, विमल अरोड़ा की कार से उतर जाती है।

8.

कुछ ही दिन बीते होंगे की मीरा ने जो फाइल डॉक्यूमेंट, वीडियो कलेक्ट किए थे, मीडिया में वायरल हो जाते हैं। मार्केट में तहलका मच गया, एलएनपी कंपनी की रेपुटेशन खराब होने लगी उसके शेयर तेजी से गिरने लगे। कस्टमर तेजी से स्विच करने लगे इस घटना के बाद मिलन खुराना बुरी तरह बौखला गया। विमल अरोड़ा को ना सिर्फ उसको उसके पद से हटाया गया बल्कि प्रणव नाथ की हत्या की साजिश में केस भी रजिस्टर किया गया।

उधर मिलन खुराना को अपने रिसोर्सेज से पता लगा कि ये सब डॉक्यूमेंट, फाइल जहाँ से लीक हो रही है, प्रणव नाथ

की बेटी मीरा है । मीरा, मिलन खुराना के रडार में आ चुकी थी। एक दिन अविनाश और मीरा अपने सीक्रेट रूम में बैठकर आगे की रणनीति पर काम कर रहे थे।

तभी मिलन की रोबोटिक आर्मी उस घर को चारों तरफ से घेर लेती है। अविनाश और मीरा को बिल्कुल भी भनक नहीं लगी कि बाहर क्या हो रहा है। रोबोटिक आर्मी का कमांडो उस घर का दरवाजा तोड़कर सीधे अंदर आ जाते हैं। अपने सेंसर के ज़रिए मीरा की लोकेशन डिटेक्ट करता है, तहखाने की दीवार तोड़कर अंदर पहुंच जाता है, जहां मीरा और अविनाश काम कर रहे थे।

अविनाश की नज़र जैसे ही उस रोबोटिक कमांडो पर पड़ी, मीरा को लेकर भागने लगता है। रोबोटिक कमांडो एक झटके में अविनाश को न्यूट्रलाइज़ कर देता है। चारों तरफ अंधेरा, धुंधला-धुंधला छा जाता है। अविनाश की जब आँख खुली, देखा वहाँ कोई नहीं था। अविनाश को मीरा के बारे में कुछ भी पता नहीं था, कहाँ गई, कहाँ है, वो ज़िंदा भी है की नहीं।

9.

अविनाश के पास अब एक ही ज़रिया था, विमल अरोड़ा जिसके साथ उसका पुराना परिचय था। विमल अरोड़ा के साथ एक सीक्रेट डील करता है। विमल ने अविनाश को मिलन के उन सभी गुप्त ठिकानों की जानकारी दी, जहां मीरा हो सकती

थी। लेकिन आगे का काम सिर्फ अविनाश ही कर सकता था। मिलन ने आर्टिफिशियल इंटेलिजेंस की एक सीक्रेट लैब बना रखी थी, जहां रोबोट्स को इंसानों द्वारा ट्रेन किया जा रहा था।

अविनाश बड़ी ही सावधानी से उन AI रोबोट्स में से एक के अंदर एक चिप फीड कर देता है। वह रोबोट अविनाश के हिसाब से ही काम करने लगता है। वह बांकी रोबोट के मुकाबले काफी कुशलता से काम को परफॉर्म कर रहा था। जिसकी क्षमता को देखते हुए उसे मिलन खुराना के ऑफिस में प्लांट कर दिया गया। उस AI रोबोट की मदद से अविनाश को मिलन की सारी इंफॉर्मेशन, एक्टिविटी का पता चल रहा था, वह कहां-कहां जाता है, क्या कर रहा है।

मिलन इस बात से पूरी तरह अनजान था कि उस पर किसी प्रकार की निगरानी रखी जा रही है। उधर अविनाश, एलएनपी कंपनी की सारी सीक्रेट इंफॉर्मेशन कलेक्ट कर लेता है, उस कंपनी के शेयर अपने नाम पर ट्रांसफर कर लेता है। एलएनपी का मालिकाना हक अब अविनाश के पास था, उसने एलएनपी के सारे रोबोटिक ऑपरेशन के काम बंद करवा दिए। जिन मशीनों के दम पर मिलन सब कुछ अपने कंट्रोल में करना चाहता था, उसी कृत्रिम सभ्यता, AI के कारण उसका सारा बिजनेस चौपट हो गया। मिलन खुराना पूरी तरह से बर्बाद हो चुका था।

10.

मीरा को किसी सीक्रेट ठिकाने पर रखा गया था, जहां सभी रोबोट और सेंसर के ज़रिए उस पर नज़र रखी जा रही थी। मिलन खुराना यही समझ रहा था कि मीरा के कारण ही उसका पूरा बिज़नेस तबाह हुआ है। मीरा, मिलन खुराना के पिंजरे में कैद किसी मछली की तरह आजाद होने के लिए झटपटा रही थी। मिलन, मीरा के कक्ष में दाखिल होता है, मीरा की हालत देखकर, उस पर तरस खाने का स्वांग रचता है।

मिलन "इस भरी जवानी में तुम्हें मारना, शायद कुदरत की साफ नइंसाफी होगी, भगवान भी मुझे माफ़ नहीं करेगा।"

मीरा, मिलन को देखकर, "भगवान पर तुम भी विश्वास करते हो? मैंने तो ये समझा तुम खुद को ही भगवान समझते होगे?"

मिलन, "तुमने ठीक कहा पहले ऐसा ही था, लेकिन अब नहीं, तुम चाहो तो मेरे काम आ सकती हो, बदले में तुम जो चाहो?"

मीरा, मिलन की ओर कड़ी निगाहों से देखते हुए, "तुम्हारी जान... मुझे सिर्फ यही चाहिए।"

मिलन, जोर-जोर से हंसते हुए, "तुमने मरने का फैसला कर ही लिया, तुम्हारी मर्जी।"

तभी अचानक से उस बिल्डिंग में हलचल बढ़ने लगी, सभी रोबोट एक-एक कर ढेर होने लगे, उनके सिस्टम काम करना बंद कर दिया।

मिलन को कुछ समझ नहीं आ रहा था कि क्या हो रहा है, जैसे ही मीरा को मारने के लिए आगे बढ़ता है, बिजली की कोई किरण उसकी बॉडी के पार होकर गुजरी, मिलन का शरीर अकड़ने लगा।

तभी अविनाश आ जाता है, मीरा की ओर देखते हुए, "तुम ठीक तो हो?"

मीरा, "शायद हाँ।"

अविनाश, मिलन की ओर देखते हुए "अब ये किसी काम का नहीं रहा।"

मिलन खुराना की बॉडी पैरालिसिस हो चुकी थी, वह बस सिर्फ देख, सुन और समझ सकता था लेकिन कुछ रिएक्ट नहीं कर सकता था।

मीरा, मिलन खुराना की ओर आँखों में आंसू लेकर देखते हुए, "तुमने मेरे बेकसूर पिता को मारा, लेकिन मैं तुम्हें नहीं मारूंगी, ये जिंदगी तुम्हारे लिए अब मौत से भी बदतर होगी।"

ये कहते हुए मीरा और अविनाश वहाँ से चले जाते हैं।

11.

मिलन खुराना हालाकि शरीर से अपाहिज हो चुका था, लेकिन दिमाग से जिन्दा था अपनी तकनीकी समझ का फायदा उठाते हुए, उसने एक कृत्रिम बुद्धिमत्ता वाले रोबोट को अपने शरीर में नियंत्रित करने का तरीका खोज निकाला। इस रोबोट के माध्यम से वह फिर से चलने-फिरने में सक्षम हो गया। अब वह अपनी योजना को अंजाम देने के लिए तैयार था। अविनाश और मीरा जिसे अंत समझ रहे थे, दरअसल वह उनके जीवन में चुनौतियों की शुरुआत थी क्योंकि अब उनका सामना दुनिया की सबसे आधुनिक सभ्यता AI से था।

***

अंतरिक्ष के यात्री

1.

अनंत ब्रह्मांड में सभी ग्रह, नक्षत्र, तारे सर्पिलाकार एक चक्र की समान डिस्क में फैलते जा रहे थे। उन सभी के मध्य एक केंद्रीय संरचना है, जो सभी के अस्तित्व का कारण और मूल है। भौतिक और आध्यात्मिक सभी प्रकार के गुण और तत्व उसमें समाहित हैं, जो संसार के निर्माण, लय और प्रलय का कारण भी हैं। ये सभी आयाम एक दिव्य घेरे या ऐसी ऊर्जा से बंधे हैं, जो ब्रह्मांड की स्थिरता का कारण है।

उन सभी आकाशगंगा के मध्य कुछ ऐसे ब्लैक होल मजबूत घेरे भी हैं, जो सभी ग्रह, नक्षत्रों को अपनी रहस्यमयी ऊर्जा से खींच रहे हैं। वहीं कुछ ऐसे गुरुत्वाकर्षण प्रभाव वाले पिंड, मजबूत ऊर्जा के घेरे भी मौजूद हैं, जो तेजी से आकाशगंगा के मध्य विचरण करते हैं जो ब्लैक होल का भक्षण करते हैं, एक तरह से वे ब्रह्मांड के रक्षक की तरह कार्य करते हैं।

बाहरी दृश्य से चीजें बदलती हुई अंतरिक घनचक्र की ओर मुड़ जाती हैं। भारतीय वैज्ञानिकों का एक दल सुदूर अंतरिक्ष में ब्रह्मांड की यात्रा में है, "ओरिज़ॉन" नामक एक शक्तिशाली रॉकेट है, जो सभी प्रकार की अत्याधुनिक तकनीक से लैस है।

ओरिज़ॉन में कुछ ऐसे AI मॉड्यूल हैं जो आने वाली चुनौतियों और समस्याओं का न सिर्फ पूर्वानुमान लगा लेता हैं, बल्कि उन चुनौतियों से निपटने में भी सक्षम हैं। उस रॉकेट की सभी ऊर्जा आपूर्ति कॉस्मिक रे से ही होती है, जहां कहीं भी प्रकाश का श्रोत और उपस्थिति होती है उसे अवशोषित कर लेता है।

2.

भारतीय वैज्ञानिकों का दल ब्लैक होल के बारे में जानकारी जुटाने के लिए कई वर्षों के अथक संघर्ष करता रहा है लेकिन उनके हाथ कुछ खास नहीं लगा था। ओरिज़ॉन ब्रह्मांड के ऐसे छोर पर पहुंच गया, जहां किसी भी प्रकार की ज्ञात ऊर्जा का स्रोत नहीं मिल पा रहा था। ओरिज़ॉन की ऊर्जा का स्तर बहुत तेजी से घट रहा था।

ओरिज़ॉन, अपने रिजर्व फ्यूल सिंग्युलैरिटी फोर्स का उपयोग कर अपने निकटतम ऊर्जा के श्रोत की ओर बढ़ रहा था, जिन्हें ब्लैक होल भक्षक के रूप में जाना जाता है। वह ग्रह अत्यधिक चमकदार स्वयं की ऊर्जा से भरा था, जबकि उसके आस-पास ऐसा कोई अन्य ग्रह या तारे नहीं थे, जिनसे उसे ऊर्जा प्राप्त हो। उस ग्रह में कुछ भी निर्जीव नहीं था, सब कुछ जीवित था, वैज्ञानिक दल के लिए एक अलग ही तरह की जीवंतता का अनुभव था ।

बस सब कुछ स्वयं में ही घटित होने वाला, आत्म-साक्षात्कार होने जैसा अनुभव था। ना ही कोई द्वंद्व, ना ही किसी प्रकार का प्रतिवाद और हलचल हो रही थी, जैसे अनंत ज्ञान और चेतना प्रवाहमान हो। ओरिज़ॉन के वैज्ञानिक दल के नेता, वेंकटेश और उनके दल के लोग उस अनंत चेतना में समाहित होने लगे, एक खिंचाव, उस प्रवाह से खिंचते हुए अपने विमान से नीचे उतरने लगे, वह भी बिना किसी लाइफ सपोर्ट सिस्टम के।

वहां मौजूद हर चीज से बिना शब्दों और उसके बोध के अहसास में संवाद कर पा रहे थे । आगे बढ़ते हुए एक ऐसे खोल में पहुंच गए जहां उनकी चेतना एक अलौकिक रक्षा कवच से बंध जाती है। उस रक्षा कवच से बंधते ही उन लोगों में शरीर होने का बोध भी खत्म हो गया। वेंकटेश और उनके दल के लोगों को जैसे कुछ मालूम ही नहीं चला उनके साथ आगे क्या हुआ, स्वयं में जैसे ही चैतन्य होने का अहसास होता है अपने को विमान ओरिज़ॉन के अंदर पाते हैं।

ओरिज़ॉन पूरी तरह से चार्ज होकर चलने के लिए तैयार था, ओरिज़ॉन का AI सिस्टम, अंतरिक्ष के यात्रियों को सूचित करते हुए, “आशा करता हूं, आप लोग पहले से बेहतर महसूस कर रहे होंगे।” वेंकटेश और उनकी टीम ने ओरिज़ॉन का धन्यवाद किया इतनी खूबसूरत दुनिया में लाने के लिए।

3.

ओरिज़ॉन अब उन्हें आगे की दुनिया में चलने के लिए तैयार करता है, उन्हें अंतरिक्ष की सुरंग या कहें वर्महोल की तरफ लेकर बढ़ने लगा, जो दूसरे ब्रह्मांड का रास्ता या कहें द्वार था। आगे जाकर ओरिज़ॉन को उस सुरंग में कई ऐसे पथ होने की जानकारी मिली जो किसी अन्य दुनिया से जाकर मिलने का संकेत दे रहे थे, लेकिन ओरिज़ॉन का सिस्टम भी नहीं समझ पा रहा था, हम जहां जा रहे हैं, वहां क्या है? वह दुनिया क्या है?

ओरिज़ॉन ने यह फैसला इंसानों पर छोड़ दिया। वेंकटेश भी दुविधा में थे, आगे किस पथ से होकर कहाँ जाना है, वे जहां जा रहे हैं, क्या फिर वापस लौट पाएंगे की नहीं। एक गलत फैसला उनके साथ-साथ उनके साथियों की भी जान ले सकता था। पूर्वानुमानित कोई ऐसा डेटा भी नहीं था जिसके आधार पर यह निर्णय लिया जा सके, आगे क्या करना है, वे कुछ समझ नहीं पा रहे थे।

ओरिज़ॉन बहुत तेजी से आगे बढ़ता जा रहा था, उधर ओरिज़ॉन उन पर जल्दी निर्णय लेने के लिए दबाव डाल रहा था। इससे पहले की वेंकटेश कोई निर्णय ले पाते ओरिज़ॉन डायरेक्ट पाथ रूट को फॉलो करते हुए आगे बढ़ गया। काफी दूर जाने पर ओरिज़ॉन को आगे सिग्नल ब्रेक डाउन मिलता है, आगे के लिए कोई सिग्नल पाथ नहीं मिल रहा था।

ओरिज़ॉन, वेंकटेश को सूचित करते हुए, "ऐसा लगता है, हम किसी ब्लैक होल की तरफ जा रहे हैं या कोई ऐसी फोर्स जो मैटर और लाइट से बनी चीजों के लिए नहीं है, वह बस एक तरह का खिंचाव है।" ओरिज़ॉन पर सवार सभी यात्रियों के मनोमस्तिष्क में कई द्वंद्व उठने लगे जैसे सब कुछ ठहराव सा महसूस होने लगा, चेतना शून्यता की तरफ बढ़ने लगे। जैसे-जैसे वे आगे बढ़ते जा रहे थे । वेंकटेश, ओरिज़ॉन को वापस लौटने के बजाय आगे बढ़ने को कहते हैं।

अंततः ओरिज़ॉन, ब्रह्मांड के ऐसे छोर पर पहुंच गया जो किसी प्रकार के जीवन और उसकी विसंगति से परे था। ओरिज़ॉन, ब्लैक होल में फंस चुका था उसी बहाव में ब्लैक होल के गर्भ की ओर तेजी से खिंचने लगा।

ओरिज़ॉन ब्लैक होल के गर्भ में गोल-गोल किसी चक्र की भांति चक्कर लगाने लगा। ओरिज़ॉन सभी यात्रियों को सूचित करता है, "सिस्टम ब्रेक डाउन ! थैंक यू !"

ओरिज़ॉन का AI सिस्टम शट डाउन हो गया, उस यान से यात्रियों का कम्युनिकेशन भी ब्रेक डाउन हो गया। सभी यात्रियों में घबराहट अफरा-तफरी मच गई, उन्हें लगा अब यहां से बचने का कोई रास्ता नहीं। वे पूरी तरह से मशीन पर निर्भर थे, लेकिन उनके पास मशीन पर भरोसा करने के अलावा और कोई चारा भी नहीं था, अब वह भी उनका साथ छोड़ चुकी थी। रॉकेट उस गहरे अंधे कुएं में हाई डेंसिटी

ग्रेविटेशन के प्रभाव में समाता जा रहा था । तभी ओरिज़ॉन में ब्रह्मांड रक्षक यंत्र एक्टिवेट होता है। रॉकेट अत्यंत शक्तिशाली सक्रिय ऊर्जा के घेरे से बंध जाता है। ओरिज़ॉन ब्लैक होल के केंद्र में जाकर टिक जाता है। एक प्रकाश स्तंभ जैसे उस अंधकूप के केंद्र में गिरने लगा, एक तीव्र विस्फोट के साथ फैलने लगता है, झटके से सारी ऊर्जा रिलीज़ हो जाती है।

उसके बाद जैसे सब कुछ खत्म हो गया हो, बस अंधकार छाया हुआ था। ओरिज़ॉन के यात्री जैसे ही अपनी चेतना में लौटे, ओरिज़ॉन उन्हें सूचित करता है, "अब आप लोग सुरक्षित हैं, लेकिन इस बार आपके साथ वह शक्ति भी है जो ब्रह्मांड की रक्षा के लिए जिम्मेदार है।" ओरिज़ॉन यात्रियों को लेकर पहले से कहीं ज्यादा तेजी से पृथ्वी की ओर बढ़ने लगा।

ओरिज़ॉन के जमीन पर उतरते ही उजली ऊर्जा की रोशनी दूर कहीं छिटकती हुई मालूम पड़ी। वेंकटेश और उनके साथी अपने घर पहुंचकर खुश थे, उनकी समझ ब्रह्मांड के बारे में पहले से कहीं ज्यादा हो चुकी थी, उनके लिए यह महज यात्रा का एक पड़ाव था, आगे बहुत सी यात्रायें उनका इंतजार कर रही थी ।

***

रावण का पुनरुत्थान

1.

भारतीय भूवैज्ञानिक डॉ. सोमेश दत्ता कई वर्षों से श्रीलंका और उसके आसपास के क्षेत्रों में कई पौराणिक और ऐतिहासिक, प्राचीन सभ्यता पर शोध कार्य कर रहे थे। त्रिकूट पर्वत के पास खुदाई में उन्हें कई कंकाल के अवशेष प्राप्त हुए, उनमें से एक कंकाल का अवशेष उन्हें पूरी तरह से चौंकाने वाला मिला। वह लगभग 18 फीट लंबा था, उसकी हड्डियों का ढांचा बांकी अन्य कंकालों के मुकाबले काफी सख्त और कठोर था।

डॉ. सोमेश उन अवशेषों को सुरक्षित कर अपने लैब में ले आए जहां उसका कई महीनों तक अध्ययन और परीक्षण किया । उस खोपड़ी की बॉडी स्ट्रक्चर से सफलतापूर्वक डीएनए को अलग करने में सफल रहे। फिर वह डीएनए एक लिविंग ह्यूमन बॉडी के अंदर इंजेक्ट किया, उस डीएनए के प्रवेश करते ही उस लिविंग बॉडी के अंदर तेजी से परिवर्तन देखने को मिला।

कई दिनों तक उसके अंदर होने वाले परिवर्तन को ऑब्जर्व करते रहे। उस लिविंग ह्यूमन बॉडी की हड्डियों का आकार बड़ा और सख्त होता जा रहा था। डॉ. सोमेश को इंतजार था

तो अपने परीक्षण के सफल होने का वह दिन-रात उसी लैब में उस लिविंग बॉडी के अंदर होने वाले कॉम्प्लिकेशन, ट्रांसफॉर्मेशन को चेक करते रहते।

2.

एक रात डॉ. सोमेश अपने लैब में उसी एक्सपेरिमेंटल लिविंग बॉडी के पास ही बैठे-बैठे उनकी आंख लग गई । तभी उन्हें किसी झटके की आहट महसूस हुई जैसे ही सामने देखा; एक भयंकर दैत्यकार इंसान एक्सपेरिमेंटल जार को तोड़ कर उनके सामने खड़ा था। डॉ. सोमेश की आंखें फटी की फटी रह गई, उनसे कुछ बोल ही नहीं आया डर से कांपने लगे।

वह दैत्यकार मानव अपना परिचय देते हुए, “रावण, जिसे तुमने पुनर्जीवित किया है।” वह नर कंकाल अपनी पूर्व स्मृतियों को फिर से सजोने लगा, द्वापर युग में किस प्रकार राम द्वारा उसके नगर में आक्रमण हुआ, उसके सभी भाई-बंधु सहित उसका वध कर दिया गया। जैसे ही अपनी स्मृतियों से बाहर आया, उसके चेहरे के भाव बदलने लगे, क्रोध से अपनी आंखें तरेरते हुए, “कलयुग इसी युग की तो प्रतीक्षा थी, अब मुझे कोई नहीं मार पाएगा, एक छत्र मेरा ही साम्राज्य होगा, रावण अजेय है।”

डॉ. सोमेश डरते हुए वहां से भागने लगे, रावण अपनी आसुरी हंसी हंसते हुए, अपनी भुजाओं की ताकत से उस पूरे भवन को ही उखाड़ कर किसी तिनके के भांति कहीं दूर फेंक देता है।

चारों तरफ भयानक गूंज गूंजने लगी, "रावण प्रतिशोध लेगा।"

3.

बिना प्रजा और सेना के राजा फिर राजा कैसा रावण अपनी माया से लोगों की बुद्धि भ्रमित करने लगा, लोगों की धर्म कर्म के काम में अरुचि पैदा होने लगी, मार-काट हिंसा के प्रति लोग बढ़ने लगे। चारों तरफ धार्मिक हिंसा, अराजकता फैलने लगी। जहां-जहां राम की पूजा होती, लोग मूर्तियां तोड़ने लगे। इस अवसर का लाभ उठाकर रावण लोगों का विश्वास अपने प्रति बढ़ाने के लिए साधु का वेश धारण करता है । चमत्कार द्वारा लोगों की आस्था को अपने वश में करने लगा।

स्वयं को ही धर्म के रूप में स्थापित कर लिया, लाखों-करोड़ों लोगों की भीड़ उसके दर्शन के लिए दूर-दूर से आती। रावण दिन-ब-दिन और शक्तिशाली होता गया, प्राचीन मायावी अस्त्र शस्त्र के साथ आधुनिक तरीकों से भी अपनी शक्ति बढ़ाता जा रहा था। उसे यह बात अच्छे से मालूम थी कि उसका शरीर बाहरी आक्रमण नहीं झेल सकता, उसका शरीर जीवश्म

से बना है, किसी वरदानी शक्ति से सुरक्षित नहीं है। रावण स्वयं को सुरक्षित करने के लिए नीलगिरी की पहाड़ियों में आधुनिक तकनीकी से लैस एक अभेद्य दुर्ग का निर्माण करवाता है, जो किसी भी प्रकार के बाहरी आक्रमण यहां तक कि मिसाइल, न्यूक्लियर बम भी उस एरिया में प्रवेश नहीं कर सकता था।

बड़े-बड़े डॉक्टर, इंजीनियर, साइंटिस्ट, पॉलिटिशियन सभी उसके दरबार में दरबारी थे जो उसे हर तरह से आर्थिक और सामाजिक सुरक्षा कवच दे रहे थे। रावण ने अपने महल में भोग के लिए हर प्रकार की व्यवस्था करवा रखी थी, सैकड़ों सुंदर स्त्रियां उसकी दासी थीं, जो हर समय उसकी सेवा के लिए तत्पर रहती थीं।

4.

सत्विक प्रकृति के साधु, सज्जन लोग कलयुग के स्वामी हनुमान जी का पूजन, हवन आदि कर उनका आह्वान करते हैं। उन्हें विश्वास था कि कलयुग के इस रावण को पुनः चिरंजीवी हनुमान जी ही नष्ट कर सकते हैं। उधर रावण को भी यह बात अच्छे से पता थी कि कलयुग में उसे खतरा सिर्फ हनुमान जी से ही है। हनुमान जी उस तक पहुंचे इससे पहले ही वह उन तक पहुँच कर उन्हें खत्म करना चाहता

था, जिससे वह निष्कंटक अजेय हो जाए और पृथ्वी पर राज्य करे। रावण ने एक ऐसा विमान तैयार करवाया जिसमें बैठकर वह अदृश्य हो जाए अपनी माया और विज्ञान की तकनीकी की सहायता से हनुमान जी की खोज करने लगा। रावण अपने विमान में सवार होकर जब उत्तरीय हिमालय क्षेत्र में पहुँचा वहाँ किसी दुर्गम कंदरा से दिव्य प्रकाश उठता हुआ मालूम हुआ, जहाँ किसी भी इंसान का पहुँचना लगभग नामुमकिन सा था।

रावण, अपनी माया और आधुनिक हथियारों की सहायता से उस पहाड़ी पर अग्नि वर्षा करवाने लगा। रावण के सारे प्रयास विफल होने लगे, जमीन पर पड़ते ही वे सभी अस्त्र- शस्त्र धुआँ धुआँ हो जाते।

रावण बुरी तरह से झल्ला गया, हनुमान जी को चुनौती देते हुए, "कायर कहाँ छिपा है, देख रावण पुनः जीवित हो उठा।"

जब कोई प्रतिउत्तर नहीं मिलता, रावण फिर गरजना करता है, "बिना राम के तू कुछ भी नहीं है, निर्बल, अशक्त किसी मेढक की भाँति दुबका होगा।"

जोर- जोर से अट्टहास करने लगता है। तभी सामने एक पहाड़ी से दिव्य ऊर्जा का पुंज स्फुटित होता है, रावण की आँखें चौंधिया गईं, जैसे ही उसकी आँखें खुली सामने विशाल,

दिव्यता से भरा एक महामानव खड़ा था, उसके शरीर में अपार तेज और ऊर्जा थी।

रावण, विचलित होते हुए, "हनुमान।"

हनुमान जी सामान्य रूप से प्रकट होते हुए, "रावण तुमने ठीक कहा, राम के बिना मैं कुछ भी नहीं, उन्हीं के नाम का आश्रय है, इसी में मेरा जीवन धन्य है, इस कलयुग में भी जो राम नाम का आश्रय लेता है, वह इस भवसागर से पार उतर जाता है।"

रावण, खीझते हुए "हु... बहुत हुई तेरी भक्ति, अब देख मेरी शक्ति।"

जैसे ही हनुमान जी पर अपनी मायावी और आधुनिक तकनीकी वाले अस्त्र- शस्त्र से हमला करता है, हनुमान जी, "जय श्री राम" कहते हुए उन अस्त्र-शस्त्र मायावी शक्तियों को फूँक मारते हुए दूर फेंक देते हैं।

रावण, गरजते हुए, "हनुमान अब तुझे बचाने कोई राम नहीं आएगा।"

हनुमान जी, शूरवीरता के साथ, धैर्य, धीरज और सौम्यता के प्रतीक हैं, रावण को समझाते हुए "राम तो हर युग में है, हर कण में है, बस तुम्हें भरोसा नहीं है, इसी भरोसे के लिए ही तुम्हें पुनर्जीवन मिला है।"

हनुमान जी अपना गदा घुमाते हुए एक ही प्रहार में रावण द्वारा बनाया गया उसका सुरक्षा कवच घेरा खंड-खंड कर तोड़ देते हैं। रावण अपने विमान के साथ अदृश्य हो जाता है, अपनी मशीनी मानव की सेना के साथ हनुमान जी पर घातक प्रहार पर प्रहार करने लगते हैं।

हनुमान जी हवा का उच्च वेग उठाते हुए रावण की सम्पूर्ण सेना को तिनके की भांति दूर फेंक देते हैं। रावण को यह बात अच्छे से समझ आ गई थी कि कलयुग में भी हनुमान जी को नहीं हराया जा सकता। हनुमान जी को छद्म युद्ध में उलझा कर वहाँ से गायब हो गया, अपने महल में जाकर छिप जाता है।

हनुमान जी, रावण की कुबुद्धि की सारी चाल समझ गए अपनी पूंछ को बढ़ाते हुए उसकी सारी सेना को लपेट कर उसके महल की ओर आकाश मार्ग से बढ़ गए, रावण के दुर्ग में उसकी सेना को तिनके की भांति फ़ेंक देते हैं। देखते ही देखते उसके महल को तहस-नहस कर दिया। हनुमान जी, रावण को ललकारते हुए, "कायर की भांति कहाँ छिप गए रावण, कहाँ है तुम्हारा बल?"

हनुमान जी अपनी दिव्य शक्तियों से रावण का दृष्टि अवलोकन करते हैं, लेकिन रावण कहीं दिखाई नहीं पड़ा।

हनुमान जी को बड़ा आश्चर्य हुआ, कलयुगी मानवों में आसुरी वृत्ति के कारण सभी में रावण की परछाई दिखाई पड़ी। ऐसे में रावण को खोजना बहुत ही मुश्किल था।

5.

हनुमान जी अपनी कंदरा में लौट आए राम नाम के ध्यान में रमने की जैसे ही चेष्टा करते हैं, उनका ध्यान विचलित हो जाता है। हनुमान जी जो खुद भी अचरज और आश्चर्य की सीमा हैं, उनका मन भी कुछ क्षण के लिए विचलित हुआ, विचार करने लगे, ऐसा तो पहले कभी नहीं हुआ।

हनुमान जी धूल झाड़ते हुए, सरोवर में जैसे ही, "जय श्रीराम" का जयकारा लगाते हुए डुबकी लगाई।

रावण, सूक्ष्म आकार में हनुमान जी की दृष्टि से बचने के लिए उनके बड़े-बड़े केशों से ही चिपटा था, पानी में गिर जाता है। हनुमान जी की दृष्टि से बच कर रावण चुपचाप वहाँ से भागने लगा, हनुमान जी मुस्कुराते हुए रावण को पकड़ने के लिए अपनी पूंछ दौड़ा दी, हनुमान जी की पूंछ रावण को समेटते हुए जकड़ लेती है, अपनी दृष्टि के सामने खींच लेते हैं।

रावण झटपटाते हुए, जीवन की गुहार विनती करने लगा, "हनुमान तुम्हे राम की सौगंध, मुझे छोड़ दो।"

हनुमान जी, "क्यों नहीं, राम नाम का आश्रय लिया है, प्रभु राम तुम्हारी नैया पार जरूर लगायेंगे।"

हनुमान जी, "जय श्री राम" की गर्जना करते हुए, रावण को फूंक मारते हैं, रावण, पृथ्वी से बाहर, अंतरिक्ष में विलीन हो गया।

***

रहस्यमयी मंगल

1.

धरती पर रहने लायक हालात नहीं रह गए थे। तापमान बढ़ रहा था, पानी खत्म हो रहा था, और हवा जहरीली हो गई थी। इंसानों ने अपने ही हाथों से धरती को बर्बाद कर दिया था। जो इंसान पूरे ब्रह्मांड पर राज करना चाहते थे, अब अपने ही घर पर अपना अस्तित्व बचाने के लिए संघर्ष कर रहे थे।

यह स्थिति इतनी गंभीर हो गई थी कि दुनिया भर के वैज्ञानिकों ने दूसरे ग्रहों पर इंसानों को बसाने के लिए प्रयास तेज कर दिए। इन प्रयासों का नतीजा यह हुआ कि इंसान मंगल ग्रह तक पहुंच गए। स्पेस मैग्नीफाई नाम की एक अंतरिक्ष कंपनी ने मंगल पर इंसानी बस्ती बसाने का बीड़ा उठाया। कंपनी के प्रमुख डेविडसन ने दुनिया को संबोधित करते हुए कहा कि; मंगल हमारा नया घर होगा। इस घोषणा पर सभी ने तालियां बजाकर स्वागत किया।

2.

पूरी दुनिया में यह खबर महामारी की तरह फैल गई, लोगों में एक अलग ही जोश, उत्साह और उत्सुकता थी, इंसान मंगल पर बसने जा रहा है। अभी तक तो सिर्फ रोबोट ने ही

मंगल पर कदम रखे थे, पहली बार इंसान मंगल की सतह पर बसने जा रहे थे।

स्पेस मैग्नीफाई मंगल ग्रह पर इंसानी बस्ती बसाने के लिए बड़ी तेजी से काम कर रही थी, मंगल पर कुछ ऐसे भूमिगत जल के स्रोतों का पता लगा लिया था जो सदियों से बर्फ के रूप में जमा था। रोबोटिक के जरिए टेराफॉर्मिंग द्वारा उस जगह को इंसानों के रहने के अनुकूल बनाने पर काम किया जा रहा था।

रोबोटिक और एआई का गठजोड़ चरम पर था, वे इंसान तो नहीं थे लेकिन वे हर काम कम समय में ही इंसानों से भी बेहतर कर रहे थे। उनके साथ जो सबसे अच्छी चीज थी, उन पर मौसम का कोई असर नहीं पड़ता था, बस समय-समय पर उनकी मरम्मत और चार्जिंग का काम करना पड़ता था, ये काम भी रोबोट ही करते थे ।

मंगल ग्रह में एक सीमित दायरे में कई तरह के वैज्ञानिक प्रयोग चल रहे थे, जैसे सनलाइट को स्टोर करने के लिए पैनल लगे थे, मंगल के हल्के वायुमंडल को मोटा करने के लिए ग्रीनहाउस तकनीक पर काम चल रहा था। जो मंगल में उपलब्ध कार्बन डाइऑक्साइड को अवशोषित कर ऑक्सीजन के लिए प्लांट न्यूट्रिशन द्वारा ऑक्सीजन में बदलते थे।

कुछ ही सालों की मेहनत से स्पेस मैग्नीफाई ने एक सीमित क्षेत्र में ऐसा परिस्थितिक तंत्र बना लिया था, कि इंसान मंगल की सतह पर आसानी से चल-फिर सकें, फिर भी पृथ्वी जैसा परिस्थितिक तंत्र मंगल पर बनाना असंभव सा था।

3.

आखिर वो दिन भी आ ही गया जब धरती पर से इंसान अपनी सभ्यता, अपना अस्तित्व, अपने वजूद को तलाशने मंगल ग्रह की ओर निकल पड़े। यह कोई सामान्य यात्रा नहीं थी, जैसे किसी हवाई जहाज से एक देश से दूसरे देश में जाया जाए। यह विज्ञान की सबसे आधुनिक हाई-टेक रॉकेट थी, जो क्वांटम प्रोपल्शन टेक्नोलॉजी द्वारा बनाई गई थी। उसके इंजन ऊर्जा के ऐसे स्रोत से तैयार किए गए थे, जो सामान्य भौतिकी के नियमों से अलग तरह से व्यवहार करते थे। उनमें ब्रह्मांड की असीम ऊर्जा संग्रहित थी, परमाणु कण को एक अलग ही आयाम पर ले जाते थे। मिशन पर जाने वाले लोगों में उत्साह भी था और डर भी था, क्या पता वहां क्या होगा, वे फिर लौट पाएंगे कि नहीं।

स्पेस मैग्नीफाई के हेड डेविडसन स्वयं जाने वाले यात्रियों को बधाई देने पहुंचे, उन्हें संबोधित करते हुए, "आशा करता हूं, आपका नया घर, पृथ्वी से कहीं ज्यादा बेहतर हो।"

विल स्मिथ नाम के एक यात्री ने अपनी चिंता जाहिर करते हुए, "अगर वहां सब कुछ ठीक ना हुआ तो?"

डेविडसन, "आप लोग दुनिया के सबसे बेहतर इंसान हैं, दुनिया को एक नई रोशनी देने जा रहे हैं, पीछे मुड़कर नहीं देखना चाहिए।"

एक और यात्री ने अपनी चिंता जाहिर करते हुए, "हमें वहां कोई खतरा तो नहीं, हम वापस जिंदा तो लौट पाएंगे?"

डेविडसन, "सब कुछ हमारी निगरानी में रहेगा, चिंता की कोई बात नहीं, इस दल में सुरक्षा के सभी इंतज़ाम हैं, जो हर परिस्थिति से निपटने में सक्षम हैं।"

वहां उस दल में एस्ट्रोनॉट, फिजिसिस्ट, केमिस्ट, इन्वायरनमेंटलिस्ट, साइंटिस्ट, पादरी, बिजनेस टाइकून जैसे सभी फील्ड के महत्वपूर्ण लोग मौजूद थे, सब एक दूसरे से परिचय करते हुए अपनी खुशी जाहिर करते हैं, जैसे वे सभी एक ही परिवार हैं।

जाते समय सभी एक स्वर में हाथ उठाकर उद्घोष करते हुए, "हम सब एक परिवार हैं।"

4.

कुछ ही महीनों की यात्रा कर रॉकेट मंगल ग्रह पर सफलतापूर्वक उतर चुका था। इधर स्पेस मैग्नीफाई के कंट्रोल रूम में डेविडसन और सभी वैज्ञानिक काफी खुश थे । पूरी दुनिया में अपनी उपलब्धि का ढिंढोरा पीटने लगे। उधर मंगल ग्रह पर रोबोटिक की मदद से मंगल ग्रह की लाल मिट्टी जिसमें कार्बनिक ऑक्साइड की मात्रा अत्यधिक थी, उनसे ग्रीन हाउस एरिया में मजबूत लोहे की तरह सख्त घरों का निर्माण किया गया।

उन घरों के अंदर ऑक्सीजन की उपलब्धता भी पर्याप्त मात्रा में थी, शायद पृथ्वी से भी कहीं ज्यादा, मौसम के अनुकूल कई तरह के पेड़-पौधे और फल, सब्जियां उगाई गई थी, जिससे वहां रहने वाले लोगों को भोजन की कमी ना हो।

लेकिन ग्रीन जोन से बाहर, लाल मिट्टी से आसमान धूल से भरा था, खुली हवा में सांस लेना थोड़ा मुश्किल था।

तभी एक कमांडिंग रोबोट सुरक्षा उपकरणों से लैस, सभी यात्रियों से मुखातिब होता है, "कैंप से बाहर जाने की किसी को अनुमति नहीं है। "

यह सब देखकर सभी यात्री आश्चर्यचकित थे, एक अनजान सा डर उन सबके मन में बैठा था, वहां के खुशनुमा माहौल को देखकर, "हां, क्यों नहीं, यह इतना भी बुरा नहीं।"

कमांडिंग रोबोट, “मुझे पूरी आशा है, आप लोग जल्द ही यहां रहने के लिए अनुकूलित हो जाएंगे।“

धीरे -धीरे सभी इंसान वहां के मौसम और परिस्थिति के हिसाब से अनुकूलित हो रहे थे लेकिन पृथ्वी जैसा जीवन बिलकुल नहीं था किसी सीमित दायरे में बंधे बंद कैदी की तरह था।

5.

एक ऐसा ग्रह जो इंसानों के रहने के लिए बिल्कुल भी अनुकूलित नहीं, जिसे बाहरी रूप से रहने के लिए तैयार किया गया था, इंसान भी उस परिस्थिति के हिसाब से पूरी तरह नहीं ढले थे। इंसानों के लिए चारों तरफ से चुनौती थी, एक छोटी सी भी गलती उनके लिए जानलेवा साबित हो सकती थी। यहां मुसीबत कम नहीं थी जो पृथ्वी से और भी मुसीबतें बुलाई जा रही थी। कई और इंसानी दल को स्पेसक्राफ्ट के जरिए स्पेस मैग्नीफाई ने मंगल पर ट्रांसपोर्ट करवाया ।

इंसान अभी-अभी मंगल पर रहना सीख रहा था, उसे अभी वहां के मौसम के अनुकूल ढलना बांकी था। ऐसे में इंसानों को वहां पर संसाधन की कमी बढ़ने लगी। ज्यादातर लोग वहां से अपने घर पृथ्वी पर जाना तो चाह रहे थे, लेकिन अब लौटना मुमकिन नहीं था।

स्पेस मैग्नीफाई ने साफ इनकार कर दिया। मंगलवासियों में हताशा और निराशा बढ़ने लगी। कुछ लोग हिम्मत कर चोरी-छिपे अपने इकोसिस्टम से दूर जाकर मंगल की बाहरी दुनिया में जाना और देखना चाहते थे। लेकिन सुरक्षा एक मसला था। बाहर की दुनिया में कदम रखना ना सिर्फ अपनी जान का खतरा था, बल्कि औरों के जीवन को भी खतरे में डालना था। पीटर और उसके साथियों को इस बात की बिल्कुल भी परवाह नहीं थी, रात के अंधेरे का फायदा उठाकर अपने कुछ साथियों के साथ बाहर निकलने में कामयाब रहे।

6.

मानवीय गतिविधि, बाहरी गतिरोध के कारण मंगल ग्रह, ग्रीनहाउस गैस क्षेत्र के बाहर भी बहुत हद तक परिवर्तित हो रहा था। अब वहां का मौसम बदल रहा था, तापमान में वृद्धि हो रही थी। भूमिगत जल जो बर्फ के रूप में स्थिर था, आंतरिक दबाव से सतह से ऊपर उठने लगा था। पर्वत-पत्थर में दरारें पड़ने लगी थीं।

वायुमंडल पहले से कहीं ज्यादा मोटा हो चुका था, जहां ऑक्सीजन की उपस्थिति नगण्य थी, वहीं अब 4 से 5 प्रतिशत की वृद्धि हो चुकी थी।

बदली हुई परिस्थिति एक तरह से पृथ्वी से आए जीवों के लिए अनुकूल हो रही थी, लेकिन उसके साथ कुछ चुनौतियां भी थीं। पीटर और उसके साथी अपने सुरक्षा उपकरणों के साथ चलते-चलते एक पहाड़ी के तल पर पहुंच गए जहां से बर्फ के पिघलने की आवाजें आ रही थीं। पीटर खुद को रोक ना पाया, अपने सुरक्षा उपकरण को उतार कर बर्फ के अंदर हाथ ले जाता है।

उसके हाथ में कुछ अजीब तरह से कंपन महसूस होता है, उसे लगा शायद बर्फ की ठंड की वजह से ऐसा हुआ। लेकिन जैसे ही कुछ दूर वे सभी लोग आगे बढ़े, उस व्यक्ति के हाथ में कुछ अनजान वायरल इंफेक्शन होने लगा, उसके हाथ तेजी से गलने लगे।

देखते ही देखते उनके हाथ सख्त किसी धातु के समान अकड़ गए। पीटर की हालत देखकर उसके साथी भी सहम गए, उसकी मदद के लिए बढ़े, लेकिन पीटर के शरीर में बदलाव बहुत तेजी से हो रहा था, देखते ही देखते उसका पूरा शरीर बेजान पत्थर की तरह जमीन में गिर गया। पीटर के साथी पूरी तरह से स्तब्ध रह गए उन्हें कुछ समझ नहीं आ रहा था, क्या करें। जैसे ही कुछ समझ आया, सभी अपने कैंप की ओर फिर से भागे।

सुरक्षा से बचकर जैसे ही ग्रीन ज़ोन के अंदर प्रवेश करने लगे, हाईली सेंसिटिव रडार की पकड़ में आ जाते हैं। वहां का

रोबोटिक कमांडर उन सभी को एक अलग कक्ष में ले जाकर बंद कर दिया, जहां उन सभी का जांच-परीक्षण किया जाता है।

7.

सुबह की धुंधली रोशनी में सूरज का प्रकाश धीरे-धीरे बढ़ता जा रहा था लेकिन कैंप में कोई मानवीय गतिविधि नहीं दिखाई दे रही थी, पूरी तरह से वीरान सन्नाटा पसर था। स्पेस मैग्नीफाई के हेडक्वार्टर से डेली रूटीन चेकअप के लिए मंगल ग्रह के बेस कैंप में संपर्क किया जाता है, रोबोटिक कमांडर ने मैसेज पास किया, "सब कुछ खत्म हो चुका है, कोई भी इंसान जीवित नहीं बचा।" उस कैंप की चारों तरफ की तस्वीरें बहुत भयानक थीं, पीटर के साथ जो हुआ था, वैसे ही वहां पर मौजूद लोगों के साथ भी वही हुआ था। सभी मूर्दा धातु की तरह बेजान पड़े थे। किसी प्रकार के अज्ञात वायरस उनके शरीर का भक्षण कर रहे थे । ये खबर जैसे ही स्पेस मैग्नीफाई के हेड डेविडसन के पास पहुंची, उसके पैरों तले मानो जमीन खिसक चुकी थी। डेविडसन अपने अधिकारियों को इस खबर को वहीं दफन करने का निर्देश देता है ।

***

मशीन युग

1.

लोग यही सोचते हैं, मशीन सिर्फ वही सोच सकती है या कर सकती है जो इंसान चाहता है, उसमें खुद कोई निर्णय लेने की क्षमता नहीं होती है जैसे; भावनात्मक लगाव वह महसूस नहीं कर सकती। सुख-दुख, अपना-पराया, चीजें जो भी संवेदना से जुड़ी हुई हैं वह नहीं कर सकती है।

इसका कारण उसमें प्राण शक्ति नहीं होती जो इंसानों के पास है। लेकिन इंसानी जीवन भी एक सेट पैटर्न पर ही आधारित है, अपने अंदर संग्रहित ज्ञान और जानकारी से ही प्रोसेस करता है, वह भी एक मशीन जैसा ही काम करता है जैसे इंसानी अनैच्छिक क्रिया, पाचन, श्वासन, बॉडी के सभी ऑर्गन अपने हिसाब से ही संचालित होते हैं। इंसान अपने सेंसरी ऑर्गन द्वारा जो भी काम करता है वह भी उसका मस्तिष्क पहले ही निर्णय ले चुका होता है।

यह अलग बात है उसे फील होता है कि वह यह सब कर रहा है, उसके अंदर उठने वाली भावनाएं भी खास तरह के मोटिव से प्रेरित हैं, काम, क्रोध, मोह, लोभ, भय, तृष्णा जैसी भावनाएँ, जिसके आधार पर वह अपने जीवन के लिए निर्णय लेता है। जीव सेल्फ ग्रोथ करता है, बढ़ता है, घटता है, छय होता है, स्वयं से अपने ही समान अन्य जीवों को पैदा कर सकता है।

इंसान सेलुलर जीव है, सेल ही उसके जीवन का निर्माण करती हैं। वह भी एक पैरामीटर के आधार पर ही काम करती हैं। बहुत सी ऐसी चीजें जिन्हें हम नहीं जानते लेकिन सब कुछ सिस्टम से ही संचालित होता है।

2.

साइमन, सेफकार्ट नाम की एक AI कंपनी का मालिक है, मशीन को भी वह सब कुछ देना चाहता था जो इंसानों के पास है। सेफकार्ट कंपनी एक ऐसी कृत्रिम बुद्धिमत्ता (AI) आधारित मशीन बनाने में लगी हुई थी जो मानव जीवन को पूरी तरह से बदल सकती थी। उनका लक्ष्य एक ऐसी मशीन बनाना था जो इंसानों की तरह सोच सके, महसूस कर सके और काम कर सके।

जैसे; जटिल AI मस्तिष्क: एक ऐसा जटिल AI मस्तिष्क विकसित किया जो मशीन में मनोवैज्ञानिक आधारित भावनात्मक प्रणाली को स्वयं विकसित कर सके।

मानवीय पैरामीटर: मशीन को इंसानी भावनाओं और प्रतिक्रियाओं को समझने के लिए कई पैरामीटर बनाए।

दृश्य विश्लेषण: मशीन किसी भी जीव को देखकर उसकी छवि को डेटा में बदल सकती थी और उसके शारीरिक और भावनात्मक अवस्था का आकलन कर सकती थी।

साइमन जानता था कि मशीनें तब तक इंसानों से बेहतर नहीं हो सकतीं जब तक कि वे स्वयं से अपनी क्षमता का विकास न करें। उसे मशीनों में जीवन की जटिलता और संवेदनात्मक पहलू जोड़ने की आवश्यकता महसूस हुई। साइमन अपनी मशीनों को और अधिक विकसित करने के लिए भारतीय जीवन दर्शन की ओर मुड़ा। वह आत्मा के रहस्य को समझना चाहता था ताकि वह अपनी मशीनों में भी ऐसा ही कुछ परिवर्तन ला सके।

हिंदू धर्म ग्रंथ और दर्शन में मंत्रों की शक्ति को ईश्वरीय शक्ति से जोड़ा जाता है। प्रयोग के दौरान उसे कई चौंकाने वाले तथ्य मिले। जैसे कि; मंत्रों की शक्ति: मंत्रों के माध्यम से देवताओं की ऊर्जा शक्ति का विस्तार किया जा सकता है। ध्यान की शक्ति: उसने ध्यान की शक्ति को समझा और पाया कि यह एक ऐसी शक्ति है जो ज्ञात ऊर्जा स्रोतों से अलग है। ब्रह्मांड का रहस्य: ब्रह्मांड के हर स्तर पर एक पारलौकिक शक्ति का अस्तित्व जो भौतिकता से परे है।

साइमन का मानना था कि अगर वह इन रहस्यों को समझ जाये तो वह अपनी मशीनों में भी ऐसी ही शक्ति डाल सकता है। साइमन, इसी कमी को पूरा करने के लिए भारतीय जीवन दर्शन से प्रेरित होकर आत्मा के रहस्य की गुत्थी को सुलझाना चाहता था।

2.

इसी रहस्य को जानने के लिए साइमन ने कई प्रयोग किए उसे कुछ ऐसे रहस्य और तर्क मिले जो चौंकाने वाले थे। उन मन्त्रों से जुड़े देवताओं द्वारा उनकी ऊर्जा शक्ति के विस्तार के रहस्य, धारणा की शक्ति मालूम हुई जो ज्ञात ऊर्जा स्रोत से अलग, कुछ ऐसे परवलयकार घेरे जो भौतिकता से अलग हर एक स्तर पर समूचे ब्रह्मांड का निरूपण कर रहे थे।

लेकिन साइमन के सामने चुनौती थी, इस ऊर्जा की शक्ति को मशीनी संरचना में कैसे ढाला जाए, व्यावहारिक उपयोग में कैसे लाया जाए। उसने मंत्र शक्ति द्वारा निकलने वाली ऊर्जा ध्वनि को एक कॉम्प्लेक्स मशीनरी सिस्टम के माध्यम से एम्प्लीफाई किया। इस प्रयोग में उसे कई दिलचस्प परिणाम देखने को मिले। उस मशीन की सहायता से ऊर्जा का प्रवाह एक अलग ही अस्तर तक बढ़ जाता था।

वह मशीन जब एक निश्चित दिशा में क्लॉक वाइज घूमती उससे निकलने वाली ऊर्जा के घेरे में जो भी चीजें आतीं, उनमें चैतन्यता जीवंत हो जातीं। एटॉमिक पार्टिकल एक्सेलेरेट होने पर उनमें कंपन के साथ मूवमेंट होने लगता। आस-पास मौजूद सभी चीजें एक दूसरे से टकराने लगतीं, ठोस वस्तुओं के एटॉमिक पार्टिकल ज्यादा सघन होने से तीव्र कंपन के साथ विस्फोट होने लगते।

उस मशीन के एंटी क्लॉक वाइज घूमने पर उसकी रेंज में आने वाली हर चीज भारहीनता के साथ सिकुड़ने लगती थी। साइमन अपने इन प्रयोगों को इंसानों पर भी आजमाने लगा। मात्र शरीर पर से गुजर जाने पर जीव-जंतु बेजान मुर्दे में तबदील हो जाते थे। साइमन को एक ऐसी ताकत मिल चुकी थी जिसकी मदद से वह पूरी दुनिया पर कब्जा करने के सपने सजोने लगा।

साइमन अपने नापाक मंसूबे को धीरे-धीरे अंजाम देना शुरू कर दिया। उसने समूची प्रकृति में असंतुलन पैदा कर दिया। शहर के शहर, देश के देश, जीवित और निर्जीव के बीच की कड़ी ही जैसे खत्म होने लगी। निर्जीव में जीवित प्रकृति आने से, प्रकृति से विपरीत आचरण करने लगे, जीव-जंतु, पेड़-पौधे, पशु-पक्षी जीवन रहित बेजान होने लगे।

साइमन के सामने बस एक ही चुनौती थी, स्वयं को इस परिवर्तन से बचा सके। आखिर था तो वह भी इंसान, जब वह ही नहीं रहेगा, स्वयं को खत्म कर देने पर नई सभ्यता का उसके जीवन में कोई औचित्य ही नहीं रह जाता। साइमन विज्ञान और अध्यात्म के संयोजन से स्वयं को अमरत्व देना चाहता था।

3.

साइमन, आत्म रहस्य की खोज में मंत्रों की शक्ति जानने के लिए भारत में हिमालय की कंदराओं की ओर रुख किया। उसे ऐसे साधुओं की तलाश थी जो मंत्र शक्ति पर नियंत्रण

स्थापित कर पा रहे हों, जो वर्षों से तपस्या में लीन हों। एक दिन वह भटकते-भटकते दूर कहीं हिमालय की कंदराओं में पहुंच गया। वहां आस-पास उसे एक अजीब सी शांति और स्थिरता की अनुभूति होने लगी। वह आगे बढ़ता गया, एक विशाल खोह और खड्ड में पहुंच गया।

वहां का नज़ारा देखकर उसकी आंखें पूरी तरह से चौंधिया गईं। एक शिला पर बहुत ही दुर्बल, किंतु शख्स हड्डियों का ढांचा मानव का पुतला ध्यान मुद्रा में बैठा था। उस साधु के शरीर से किसी प्रकार की हलचल नहीं हो रही थी, सिर्फ स्वास के माध्यम से मंत्रों का उच्चारण हो रहा था। एक अजीब सी गूंज, वातावरण में फैली थी। उस साधु के आस-पास जहरीले सर्प, बिच्छू, मगर जैसे भयंकर विषैले प्राकृतिक वाले जीव मड़रा रहे थे।

वह साधु जैसे इन सबसे अनभिज्ञ था, वे जीव उसे किसी प्रकार की हानि नहीं पहुंचा रहे थे। पहले तो साइमन को डर लगा जैसे-जैसे वह उस साधु के पास पहुंचा, उसके अंदर एक अलग प्रकार से ऊर्जा का प्रभाव महसूस करने लगा। जैसे वह ऊर्जा

उसे अपने बाहव में खींच रही हो, वह ऊर्जा उसे खींच कर सर्प, बिच्छू और मगरमच्छों के बीच लेजर फेंक देती है।

साइमन की अब जान जाती थी की तब, डर के मारे उसके प्राण सूखने लगे, मूर्छित पड़ने लगा। जैसे ही वे जीव एक साथ साइमन की ओर बढ़े, साइमन की जान मानो हलक पर आ गई, उसकी आंखों के सामने अंधेरा छाने लगा। कुछ देर बाद जैसे ही वह फिर से अपनी चेतना में वापस लौटा, वे सभी जहरीले जीव उसे बड़े प्यार से सहला रहे थे।

साइमन उस साधु के ढांचे के नजदीक बढ़ने लगा, तभी ध्वनि का संचार होता है, "तुम्हें यहां नहीं आना चाहिए।"

साइमन, बड़े ही आश्चर्य से, "यह अद्‌भुत है, मैंने ऐसा पहले कभी नहीं देखा, ना ही ऐसा कुछ महसूस किया।"

फिर से उसे वही ध्वनि सुनाई पड़ी, "ऐसा फिर कभी देखना भी नहीं चाहिए, इंसान प्रकृति के अधीन है, वह तभी तक सुरक्षित जब तक उसका सुरक्षा कवच है।"

साइमन, "हम विज्ञान की मदद से जीवन और जीवन के नियम बदल सकते हैं।"

साइमन को फिर वही ध्वनि सुनाई पड़ी, "यह तू नहीं तेरे अंदर छिपी असुरी शक्ति बोल रही है, विज्ञान तो मात्र एक छलावा है। आसुरी शक्ति इस संसार से देवताओं के अस्तित्व को मिटाना चाहती है। जिससे वे इंसानों की मदद ना कर

पाएं, इंसानों को अँधेरे की तरफ़ भौतिक उपभोगी, भाव विहीन शून्यता की ओर ले जाएँ, किंतु देवताओं के रहते ऐसा संभव नहीं है, वे हर कीमत पर इंसानों की रक्षा करेंगे। "

साइमन के मन में लोभ जागा, मन ही मन विचार करने लगा; वह अपने मशीनी उपकरण के माध्यम से देवताओं की शक्ति पर भी नियंत्रण प्राप्त कर सकता है। साधु द्‍वारा उत्पन्न उस दिव्य चमत्कारी ऊर्जा के घेरे को साइमन अपने मशीनी उपकरण के माध्यम से खींचने लगता है, लेकिन इसका उल्टा असर पड़ता है। ऊर्जा का प्रवाह और तीव्र बढ़ने लगता है, साइमन का मशीनी उपकरण एंटी क्लॉक वाइज घूमते हुए दूर जा गिरा।

साइमन ने हार नहीं मानी उसने फिर प्रयास किया, इस बार वह अपने मशीनी उपकरण को उस ऊर्जा घेरे में क्लॉक वाइज घुमाता है, साधु द्‍वारा बनाया ऊर्जा का घेरा वहीं रुक जाता है। साइमन को अपनी जीत मालूम हुई, बिना देरी किए अपने पूरे वेग से उस साधु के ऊर्जा चक्र के घेरे में जैसे ही प्रवेश करता है, ऊर्जा का ऐसा झंझावात, बिजली उत्पन्न होती है, साइमन को उस गुफा से कहीं दूर फेंक देती है।

साइमन का शरीर किसी बेजान पत्थर की तरह अकड़ गया। उसके द्‍वारा बनाई गई मशीन टूट कर वहीं बिखर जाती है। प्रकृति में उसके द्‍वारा पैदा की गई अस्थिरता रुक गई, जीवन पुनः सजीव होने लगा।

साइमन द्वारा बनाई गई मशीन का प्रभाव रुक चुका था। इंसानों के लिए जिंदगी फिर उसी तरह हो गई जैसा वे पहले से जीते आ रहे थे।

***

ग्रेविटी डिस्ट्रक्शन

1.

आमतौर पर हम इंसान यही सोचते हैं, कि इंसानियत को सिर्फ उन जीवों से खतरा है जो बाहरी दुनिया से हैं या पृथ्वी पर ऐसे जीव जो इंसानियत पर भारी हैं। हम ऐसा मानते चले आए हैं। जबकि वास्तविकता इससे अलग भी हो सकती है। पृथ्वी के अलावा जितने भी ग्रहों तक वैज्ञानिक पहुंचे या पता लगाया, कहीं भी किसी प्रकार से जीवन और जीवन होने की कोई संभावना अभी तक नहीं मिल पाई है।

जबकि इंसानियत को वास्तविक खतरा तो उसके सामने ही है, इंसान की सुविधा है जो जीवन के अस्तित्व को बनाए रखती है जैसे; हवा, पानी, पेड़, पौधे जिनसे जीवन है, और इन सब के होने का जो मूल कारण है वो है; पृथ्वी का गुरुत्वाकर्षण। गुरुत्वाकर्षण एक यूनिफाइड फ़ोर्स है जो हर जगह मौजूद है, इंसान इसे महसूस नहीं करता लेकिन यह जीवन के अस्तित्व का सबसे बड़ा आधार है।

अगर यह ना हो तो पृथ्वी पर जीवों का होना संभव ही ना हो पाता, सब कुछ ये हवा, ये पानी, जीवन के लिए बिल्कुल ही संतुलित मात्रा में है, ना कम ना ज्यादा। अगर गुरुत्वाकर्षण थोड़ा सा भी कम या ज्यादा हो जाए तो पृथ्वी पर जीवन मुश्किल हो जाएगा।

पृथ्वी पर जीवन ऐसा ही रहेगा, ऐसा बिल्कुल भी नहीं होगा, ऐसा मानकर चलना अंधेरे में चलते रहने की तरह है। परिस्थिति बदलती रहती है, ऐसा पहले भी हुआ है, इसी पृथ्वी पर पहले भी बहुत से परिवर्तन हुए हैं कई सभ्यताएं जन्म ली और विलुप्त हो गईं।

उनमें से डायनासोर भी एक तरह से जीव थे, जिन्हें पृथ्वी का सबसे बड़ा राक्षस कहा जाता है। फिर एक दिन अचानक से एक बड़ा सा विशाल उल्का पिंड धरती पर गिरा और सब कुछ बदलने लगा, जिसके बारे में आप जानते हैं, फिर क्या हुआ। "

भौतिकी के प्रोफेसर व्यास अपनी कक्षा में विद्यार्थियों को व्याख्यान दे रहे थे। सभी विद्यार्थी लंबी सांस भरते हुए, "होगा जब होगा, हजारों, लाखों साल में ऐसा होता होगा।"

तभी विनायक नाम के एक जिज्ञासु विद्यार्थी आश्चर्य से प्रोफेसर व्यास से पूछता है, "प्रोफेसर, प्रकृति में परिवर्तन तो कभी भी हो सकता है, कोई भी कारक हो सकता है, जिसके बारे में हम शायद जानते भी ना हों?"

प्रोफेसर व्यास, अपना कंधा उचकाते हुए, "हां, क्यों नहीं, कुछ भी मतलब कुछ भी हो सकता है, जो बहुत शक्तिशाली हो।"

तभी घंटी बज गई। बांकी विद्यार्थियों को तो कोई फर्क नहीं पड़ा, कहानी की तरह एक कान से सुनते दूसरे कान से निकाल देते।

वहीँ विनायक बहुत ही संवेदनशील था, उसके आचरण, व्यव्हार बांकी बच्चों की तरह नहीं थे, क्लास में शिक्षक से अजीब - अजीब तरह से सवाल करता, किसी के साथ घुलना -मिलना नहीं सबसे दूरी बना कर रहता।

2.

विनायक के मन में प्रोफेसर व्यास की बात घर कर गई। दिन भर वह इसी के बारे में सोचता रहता, कोई अदृश्य खतरा जो पृथ्वी पर आने वाला है। धरती में भयानक ज्वालामुखी विस्फोट हुआ जिससे सब खत्म होने लगा जैसे बहुत कुछ अजीब होने लगा। वह बहुत ही बेचैन और डरा सहमा सा रहने लगा था, उसके माता -पिता भी उसकी अजीब हरकतों से परेशान थे। रात में सोते -सोते उसका दम घुटने लगता और वह उठकर बैठ जाता।

लेकिन यह सबकुछ विनायक की महज कल्पना या स्वप्न नहीं था, यह वास्तविक या कहें पूर्वानुमानित घटना का दृश्यावलोकन था जो वह संवेदना के जरिये महसूस कर पा रहा था। ऐसा बहुत ही कम लोगों के साथ होता है भविष्य में या आगे जो कुछ भी होना है उसके बारे में पता हो, विनायक भी उन्हीं लोगों में से था।

उसे यह बात घर पे या दोश्तों से बताना ठीक नहीं लगता था। लोग इन सब बातों का मजाक उड़ाते क्योकिं जब तक इंसान मरता नहीं मृत्यु से पहले मृत्यु के सच को स्वीकार नहीं कर सकता। एक दिन कॉलेज में प्रोफेसर व्यास अपने केबिन में बैठे थे, तभी विनायक पहुंच जाता है।

प्रोफेसर व्यास, विनायक की तरफ देखते हुए, "तुम्हारी तबियत ठीक नहीं लग रही, क्या तुम ठीक हो?"

विनायक, घबराते हुए, "नहीं, प्रोफेसर... मैं ठीक नहीं हूं... वही आपसे बताना चाहता हूं।"

विनायक ने एक सांस में सब कुछ जो उसके साथ हो रहा था बताने लगा।

प्रोफेसर व्यास, विनायक के कंधे पर हाथ रखते हुए, "ऐसा कुछ नहीं है जैसा तुम सोचते हो... टेक इट इजी।"

प्रोफेसर व्यास एक एड्रेस देते हुए, "ये मेरे बहुत अच्छे दोस्त हैं, साइकाट्रिस्ट हैं, कोई समस्या होगी तो इनसे एक बार कंसल्ट कर लेना।"

अपनी सीट से उठते हुए, "बस चिल करो यार।" सामने पार्क में कुछ लड़के- लड़कियां आपस में गपशप, मस्ती मजाक कर रहे थे, प्रोफेसर व्यास उनकी तरफ इशारा करते हुए, "देखो वहां, बस अपनी जिंदगी का आनंद लो।"

विनायक, प्रोफेसर की ओर देखकर मुस्कुराते हुए चला जाता है।

3.

विनायक के बैच में अन्वी नाम की एक लड़की थी जो उसे बहुत अच्छी लगती थी। लेकिन विनायक शर्मीले स्वभाव का था, लड़कियों से ज्यादा घुलता-मिलता नहीं था, ना ही कभी बात करता था। लेकिन कहीं न कहीं विनायक के दिल में अन्वी के लिए कुछ खास फीलिंग थी। जब क्लास में होता तो चुपके से कनखियों से अन्वी को देखता रहता। क्लास से बाहर भी होता तो उसकी नज़रें अन्वी को ही ढूंढती रहतीं।

विनायक मन ही मन यही सोचता; ये भी किसी तरह का गुरुत्वाकर्षण का प्रभाव तो नहीं? कॉलेज में, मोहल्ले में कितनी ही लड़कियां हैं, लेकिन सिर्फ यही क्यों ? उसे अच्छी लगती है? अगर ऐसा है तो मुझे इससे बात करनी चाहिए।

एक दिन क्लास में अन्वी अपनी बेंच पर अकेली ही बैठी थी, उसकी फ्रेंड उस दिन नहीं आई थी। विनायक जैसे ही क्लास में घुसा, सिर्फ वही सीट उसे खाली दिखी। हिम्मत करके अन्वी के बगल में बैठ गया। बैठ तो गया था लेकिन उसके हाथ-पैर कांप रहे थे जैसे किसी भूत के बगल में बैठा हो।

अन्वी, विनायक की हालत देखकर, "आर यू ओके?"

विनायक, अपने माथे से पसीना पोंछते हुए, "हां... हां... बस थोड़ा मुझे बुखार जैसा लग रहा है, होप विद द हेल्प ऑफ़ यू, एवरीथिंग वुड बी नॉर्मल।"

अन्वी मन ही मन, "ये अजीब ही है, क्लास में भी अजीब-अजीब हरकतें करता है, ऐसे सवाल करता है, जो रिलीवेंट ना हो, साइको मालूम पड़ता है।"

अन्वी वहां से उठकर चली जाती है, विनायक को बिलकुल भी अच्छा नहीं लगा, उसे बहुत बुरा लगा खुद को ही कोसने लगा ; मुझे जब मालूम है लोग मुझे पसंद नहीं करते, मेरे पीठ पीछे मुझे साइको बुलाते हैं, ये भी मेरे बारे में ऐसा ही सोचती होगी ।

उस दिन के बाद से विनायक अन्वी की तरफ देखना भी छोड़ दिया, क्लास में चुप चाप आता पीछे की सीट पे बैठा रहता और घर चला जाता। कहीं न कहीं अन्वी के दिल में भी विनायक के लिए सहानुभूति थी । वह विनायक से सॉरी बोलना तो चाहती थी, लेकिन उसमें झिझक थी ,कहीं चिपकू टाइप का निकला क्लास में अजीब हरकतें करने लगे, ख़म खा लोग बात का बतंगड़ न बनाने लगे।

4.

प्रोफेसर व्यास कई महीनों से कक्षा में नहीं आ रहे थे, कहीं किसी रिसर्च में व्यस्त थे। उधर न्यूज़ चैनलों में दिखाया जा रहा था ; समुद्रीय क्षेत्र के आस-पास के देशों में कई तरह के भूगर्भीय परिवर्तन देखने को मिल रहे हैं। जो विनाश की ओर संकेत कर रहा हैं। चक्रवात और भूकंप की घटनाएं आम हो गई थीं। वायुमंडलीय दबाव कम होता जा रहा था, समुद्र का जलस्तर तेजी से शहरों की तरफ बढ़ रहा था। दुनिया भर के समुद्री तटीय इलाके जलमग्न हो रहे थे।

उधर वैज्ञानिकों के तरह-तरह के दावे सामने आ रहे थे, कोई कहता; पृथ्वी के कोर में परिवर्तन हो रहा है। कोई कहता; गुरुत्वाकर्षण इसके पीछे जिम्मेदार है, डार्क मैटर या ब्लैक होल हमारी आकाशगंगा के नजदीक आ गया है जो समय और स्पेस फैब्रिक को प्रभावित कर रहा है। कोई कहता; ये चीन का गुप्त प्रयोग है समुद्र के अंदर आर्टिफिशियल ग्रेविटी एक्सपेरिमेंट कर रहा है।

तरह-तरह के दावे किए जा रहे थे लेकिन दावों के पीछे किसी के पास कोई पुख्ता प्रमाण नहीं थे। समय निकलता जा रहा था, ये घटनाएं और तेजी से बढ़ने लगीं। समुद्र के तटीय शहर पूरी तरह से जलमग्न हो गए, नियमित चक्र में भूकंप का फ्लो चलने लगा। वायुमंडलीय दबाव हल्का और पतला होने से सूरज की भीषण गर्मी से जल सूखने लगा, उधर हलकी और सतही चीजें हवा में तैरने लगीं। पूरी दुनिया में एक खौफ

का माहौल बन गया था; कि पृथ्वी नष्ट होने वाली है, अब इसे नहीं बचाया जा सकता।

5.

एक दिन विनायक, प्रोफेसर व्यास की लैब में पहुंचा। प्रोफेसर एक खास तरह के प्रोजेक्ट पर काम कर रहे थे। एक बड़े से जार के अंदर कई तरह के द्रव्यमान वाले कुछ पदार्थ रखे थे, बीच में एक मशीन लगी हुई थी जो हर पदार्थ के गति को नियंत्रित कर रही थी। विनयक खिड़की से यह नजारा देख रहा था। प्रोफेसर की नजर पड़ते ही उन्होंने उसे अपने पास बुलाया।

प्रोफेसर व्यास, विनायक से, " तुम जैसा देखते थे, वैसा ही कुछ हो रहा है।"

विनयक, "कुछ समझ नहीं ?"

प्रोफेसर व्यास, "दुनिया बदलने वाली है, या कह सकते हो खत्म होने वाली है।"

विनायक, " क्या इससे बचने का कोई तरीका नहीं है?"

प्रोफेसर व्यास, "प्रकृति का कोई विकल्प नहीं है, फिर भी कुछ संभावनाएं हैं, इंसान कोशिश करना कभी नहीं छोड़ता यही उसकी खासियत है।"

विनायक, "कोशिश, किस तरह की ?"

प्रोफेसर व्यास अपने प्रोजेक्ट को दिखाते हुए,"हम इसे बड़े पैमाने पर करेंगे, ऐसी जगह जहां दबाव ज्यादा हो, जैसे किसी पर्वत का खोल, जैसा हम सोच रहे हैं, वैसा ही अगर हुआ तो ये हमें बचा सकता है।"

विनायक, "इसे दुनिया के सामने लाना चाहिए।"

प्रोफेसर व्यास, "दुनिया प्रयोग पर नहीं उसके प्रभाव पर विश्वास करती है, फिलहाल हमें खुद से ही सारी चीजें करनी पड़ेगी।"

6.

विनायक, प्रोफेसर व्यास के साथ मिलकर उनकी प्रयोगशाला में मदद करने लगा। शहर से दूर एक ऐसा पहाड़ खोजा जो बाहर से तो विशालकाय था, लेकिन अंदर गुफा जैसा एक बहुत बड़ा खोल था जिसमें हजारों लोग आ सकते थे। प्रोफेसर व्यास की मेहनत धीरे-धीरे रंग लाने लगी। ग्रेविटेशन मशीन काम तो कर रही थी, लेकिन उसमें नियंत्रण नहीं बन पा रहा था।

उधर पूरी दुनिया में अफरा-तफरी का माहौल था। लोग अपना घर-बार छोड़कर इधर-उधर पहाड़ी या खुले मैदानी इलाके की तरफ अपनी जान बचाने के लिए पलायन कर रहे थे। अब पहले जैसा कुछ भी नहीं रहा, सब कुछ बदल चुका था।

क्या राजा, क्या रंक, अमीर, गरीब, पशु-पक्षी, सब एक समान थे। धीरे-धीरे उनके पैरों तले जमीन खिसक रही थी, सभी अपने अस्तित्व को बचाने के लिए संघर्ष कर रहे थे।

उधर विनायक के मन में ख्याल आया, दुनिया खत्म हो इससे पहले क्यों ना वह अपने दिल की बात अन्वी से कह दे। विनायक एक दिन कॉलेज पहुंचा, उसकी निगाहें इधर-उधर अन्वी को खोजती रहीं लेकिन अन्वी उसे कहीं नहीं दिखी। विनायक निराश होकर घर लौटने लगा। सोचा अन्वी ने भी शायद कॉलेज आना छोड़ दिया। वैसे भी अब कॉलेज आता कौन है, सभी ने जिंदगी से हार मान ली। अब ये दुनिया कभी भी खत्म हो सकती है, ये कॉलेज हवा में उड़ने लगे, क्या मालूम फिर अंतरिक्ष में कहां जाकर मिले।

विनायक इन्हीं सब विचारों में खोया निराश मन से कॉलेज के पार्क में एक पेड़ के नीचे बैठ जाता है। तभी उसकी नजर एक पेड़ के पास पड़ी, देखा कोई लड़की अपने चेहरे के सामने किताबें लिए पढ़ रही थी। विनायक ने एक मन किया जाकर देखे कौन है।

जैसे ही उस लड़की के पास पहुंचा, "एक्सक्यूज मी" बोलते हुए। लड़की किताब अपने चेहरे से हटाते हुए विनायक की ओर देखती है।

विनायक चौंक जाता है, खुशी से "अन्वी तुम?"

अन्वी, "इसमें इतना शॉक्ड होने की क्या बात, मैंने तो अब रोज ही यहां आती हूं, मोस्ट ऑफ़ क्लास कैंसिल ही रहती है, बांकी क्लासमेट भी नहीं आते।"

विनायक, कुछ खुशी, कुछ निराशा के भाव मन में छिपाए, "सो तो है।"

कुछ देर तक दोनों खामोश रहे। विनायक हिम्मत कर अपनी खामोशी तोड़ते हुए, "तुमने कुछ आगे प्लान किया है?"

अन्वी, "कैसा प्लान?"

विनायक, मन ही मन; जो होगा देखा जाएगा, उसके मुँह से अचानक से निकल जाता है, "शादी और बच्चे ? "

अन्वी, हंसते हुए, "व्हाट!"

विनायक, "दुनिया खत्म होने वाली है, इससे पहले अधूरी जिंदगी को पूरा कर लिया जाए।"

अन्वी बिना कुछ बोले वहां से जाने लगी। विनायक पीछे से आवाज देते हुए, "उम्मीद करता हूं, दुनिया खत्म होने से पहले हम मिलेंगे।"

दूर से ही आवाज देते हुए, "तुम समझ रही हो ना?"

अन्वी दूर से ही, "हां, मैं सब समझती हूं, पहले दिन से ही जब मैंने तुम्हें देखा था, तुम्हारी नज़रों को मैंने पढ़ लिया था, यहां हर रोज तुमसे मिलने की उम्मीद से ही आती थी।"

विनयक, खुशी से झूमते हुए, "अब जिंदगी में जो भी होगा कम होगा, तुमसे ज्यादा कुछ नहीं होगा।"

7.

विनायक जैसे ही जाने को हुआ दो-चार कदम ही चला था, कि उसे कुछ अजीब सा झटका लगा, जैसे उसे अपना भार कम होता मालूम पड़ा। जितनी ताकत से वह एक कदम चल पा रहा था, उतनी ही ताकत से 2-3 कदम आगे बढ़ने लगा। हवा का दबाव कम और जमीन में कंपन मालूम हुआ, विनायक सहम गया, तेजी से घर की ओर भागा। प्रोफेसर व्यास को कॉल करता है, जैसा वह महसूस करता है, उन्हें बताता है।

प्रोफेसर व्यास भी उसे गाइड करते हुए, "हमें बहुत जल्द यहां से शिफ्ट करना पड़ेगा। " क्या कैसे करना है, आगे की पूरी प्लानिंग बताई।

विनायक एक बड़ी सी टेंपो ट्रैवेलर बुक करता है। उसमें कुछ जरूरी खाने-पीने का सामान अपने घरवालों और आस-पड़ोस के जितने भी उसके जानने वाले लोग थे, उन सबको अपनी गाड़ी में बैठाकर प्रोफेसर व्यास के घर की ओर बढ़ने लगा। तभी रास्ते में उसे याद आया अन्वी से उसने वादा किया था।

ड्राइवर को अन्वी के घर की ओर गाड़ी को मोड़ने को बोलता है। उस गाड़ी में जितने भी लोग बैठे थे, वे सब हैरान और परेशान थे। आखिर ये हमें कहां ले जा रहा है।

विनायक सबसे यही कहता, थोड़ा सब्र रखिए, ये एक सरप्राइज हॉलिडे टूर की तरह है। अन्वी के घर के पास जैसे ही गाड़ी रुकी, विनायक जल्दी में उसके गेट की तरफ भागा, बेल बजाई।

अन्वी ने जैसे ही दरवाजा खोला, विनायक हांफते हुए, "जल्दी अपना सामान पैक करो और चलो?"

अन्वी चौंकते हुए, "कहां और क्यों चलना है?"

विनायक, "हम जिंदा रहे तो जरूर बताएंगे।"

तभी किसी शॉक वेव की तरह धीरे-धीरे भूकंप का झटका महसूस हुआ। वातावरण में ग्रेविटी के कम होने का अनुभव होने लगा। जो हल्की चीजें थीं वो सब अचानक से हवा में तैरने लगीं।

विनायक, "हमारे पास ज्यादा समय नहीं है, चलो जल्दी।"

उधर प्रोफेसर व्यास, विनयक को कॉल पर कॉल किए जा रहे थे। वे अपने घर के बाहर अपनी पूरी किट के साथ तैयार थे। अन्वी, निर्णय नहीं ले पा रही थी कि उसे क्या करना चाहिए। विनयक, हिम्मत कर अन्वी का हाथ पकड़ कर गाड़ी में बैठा लेता है।

अन्वी चिल्लाते हुए, "व्हाट द हेल आर यू डूइंग?"

विनायक, ड्राइवर को गाड़ी आगे बढ़ाने का इशारा करते हुए अन्वी को समझाता है, "देखो, ये सभी बाराती हैं, हमारी बारात में आए हैं।"

8.

गाड़ी जैसे-जैसे आगे बढ़ रही थी, जमीन से उसकी पकड़ और मोशन फ्लो कमजोर पड़ने लगा। गाड़ी कभी हवा में तो कभी जमीन पर चल रही थी। ड्राइवर को आगे देखने में भी मुश्किल हो रही थी। जमीन पर ट्रैफिक कम हवा में ज्यादा था। चारों तरफ धूल का गुबार और उड़ती हुई चीजें सब धीरे-धीरे धरती से ऊपर उठता जा रहा था।

ड्राइवर की भी सांसें फूलने लगीं, चिल्लाते हुए, "अब मुझसे नहीं होगा।"

विनायक उसे समझाते हुए, "देखो जिंदा रहना है तो यही एक जरिया है, हम जहां जा रहे हैं, वहां तक अगर पहुंच गए तो बच जाएंगे।"

विनायक, कॉल पर प्रोफेसर व्यास को कांटेक्ट करने की कोशिश करता है लेकिन कॉल डिस्कनेक्ट हो जाता है। विनायक के भी माथे पर बल पड़ने लगा, काफी दुखी और निराश हो गया। बिना प्रोफेसर व्यास को लिए वहां जाने से भी कोई फायदा नहीं, बार-बार कॉल ट्राई करने लगा।

अभी तो आपदा की शुरुआत थी, आगे और भी चुनौतियां थीं। रोड पूरी तरह से ब्लॉक थी, कई बिल्डिंग के मलबे पड़े थे, रोड भी उखड़ने लगी थी। भूकंप के झटके ऐसे जैसे धरती को उखाड़ के फेंक देंगे।

ड्राइवर को ना चाहते हुए भी गाड़ी को रोकना पड़ा। विनायक के साथ सभी ने हार मान ली थी कि अब बचना मुश्किल है। ऑक्सीजन की कमी से सभी का दम भी घुटने लगा था। तभी बाहर लोगों के इधर-उधर भागने के एक झुंड में से प्रोफेसर व्यास भी भागते दिखे। विनायक को जैसे जीवन में एक नई की रोशनी दिख गई हो। विनायक गाड़ी के ऊपर किसी तरह हिम्मत कर चढ़ गया प्रोफेसर व्यास को आवाज देने लगा।

प्रोफेसर व्यास भी विनायक की आवाज सुन उसकी गाड़ी की तरफ तेजी से भागने लगे लेकिन जमीन पर चलना और संतुलन बनाए रखना आसान नहीं था। प्रोफेसर व्यास गाड़ी के पास आकर हवा के प्रवाह के साथ उड़ने ही वाले थे, कि विनायक, गाड़ी की ग्रिल से बंधी एक रस्सी उनकी तरफ फेंकता है। प्रोफेसर व्यास उस रस्सी के सहारे गाड़ी के अंदर तब तक सुरक्षित पहुंच चुके थे।

प्रोफेसर व्यास, विनायक को बधाई देते हुए, "वेल डन, तुमने बहुत अच्छा किया।"

प्रोफेसर व्यास बाहर के भयावह नजारे को देख निराश होकर एक सीट पर बैठ गए "अफसोस हमारा बचना फिर भी मुश्किल है, हम वहां तक पहुंच नहीं पाएंगे।"

विनायक, ड्राइवर को गाड़ी पीछे घुमाने को बोलता है, "हम बचे या ना बचे अपनी कोशिश पूरी करेंगे।"

विनायक, प्रोफेसर व्यास की तरफ उम्मीद से देखते हुए जैसे उनका हौसला बढ़ाने की कोशिश कर रहा हो, "प्रोफेसर आप ही कहते हैं, इंसान जब तक जिन्दा है, कोशिश करना कभी नहीं छोड़ता।"

ड्राइवर ने भी अपनी जान हथेली में रखकर आखिरकार गाड़ी को मंजिल पर पहुंचा ही दिया। सभी तेजी से भागते हुए पहाड़ के खोल की ओर बढ़ने लगे, जहां प्रोफेसर व्यास द्वारा एक आर्टिफिशियल ग्रेविटेशनल रिएक्टर पहले से एक्सपेरिमेंट के रूप में काम कर रहा था।

उस रिएक्टर के नजदीक पहुंचते ही सभी ने स्टेबिलिटी का अनुभव किया। अब यही उनकी जिंदगी थी। बाहरी दुनिया पूरी तरह से बदल चुकी थी, शायद ही कोई बचा रहा हो या इंसान द्वारा बनाई कोई चीज सुरक्षित हो। पृथ्वी का संतुलन जीवन से हीन तो नहीं कह सकते लेकिन जीवन के अनुकूल बिल्कुल भी नहीं था।

जो बच भी गए कहा नहीं जा सकता था कि कब तक सुरक्षित रहेंगे। उनके सामने पृथ्वी के नवीन वातावरण के अनुरूप ढलने की चुनौती थी।

***

कोरोना का कहर

1.

कोरोना महामारी ने पूरी दुनिया को हिलाकर रख दिया था। हर किसी की जुबान पर बस एक ही नाम था - कोरोना। डर और दहशत का माहौल छाया हुआ था। लोग यह सोचने को मजबूर थे, कि मौत कब और किस रूप में उनके पास आ सकती है।

मानवता को इस महामारी ने इतना डरा दिया था कि लोग अपने ही अपनों से डरने लगे थे। पति-पत्नी, माता-पिता, बच्चे, एक ही घर में रहते हुए भी एक-दूसरे से दूरी बनाए हुए थे। किसी को छूने से भी डर लगता था कहीं कोरोना न हो जाए। शिक्षित हो या अनपढ़, हर किसी की जुबान पर

'सोशल डिस्टेंसिंग' का नारा था। यह एक ऐसा नारा बन गया था जो पूरी दुनिया में गूंज रहा था।

शहरों से लेकर गांवों तक, दफ्तरों और कंपनियों तक सब कुछ बंद हो गया था। सिर्फ जरूरी चीजें जैसे कि; किराने की दुकानें, अस्पताल और बैंक ही खुले रहते थे। आम लोगों को घर से बाहर निकलने की भी मनाही थी।

2.

डॉ. संचित दिल्ली के एक सरकारी अस्पताल में डॉक्टर थे। उनकी उम्र लगभग 40 साल रही होगी। उनकी 6 साल की एक बेटी थी, जिसका नाम सारा था। सारा बहुत ही प्यारी और सुंदर बच्ची थी। डॉ. संचित के घर पर उनकी पत्नी सैफाली, जो एक हाउसवाइफ थीं, खुद को व्यस्त रखने के लिए फैंसी बुटीक का काम भी करती थीं। इसके अलावा, डॉ. संचित के घर पर उनके बुजुर्ग माता-पिता भी रहते थे, जिनकी उम्र 80 साल के आसपास थी।

अचानक लगे लॉकडाउन के कारण सभी घरों में कैद हो गए। शाम के 8 बज रहे थे और डॉ. संचित अपनी क्लिनिक में मरीजों को देख रहे थे। अपना शिफ्ट पूरा करके घर जाने की तैयारी में ही थे कि रोजी नाम की नर्स दौड़ती हुई उनके पास आई।

रोजी: "सर...सर...पूरे देश में एक साथ लॉकडाउन लग गया...अब क्या करें?"

डॉ. संचित: मुस्कुराते हुए, "क्या करें...वही करें जो हमारा काम है।"

सैफाली को फोन कर बताया जब तक हालात सामान्य नहीं हो जाते, तब तक हॉस्पिटल में ही रुका पड़ेगा।

3.

कई दिन हो गए डॉ. संचित घर नहीं गए थे, सिर्फ फोन के माध्यम से ही जानकारी ले रहे थे। सारा जिद करने लगी; "पापा, जल्दी घर आओ.." तोतली आवाज़ में, "जहाँ आप रहेंगे हम भी वहीं रहेंगे...आई वांट यू राइट नाउ हियर।"

सैफाली ने सारा के हाँथ से फोन लेते हुए उसको भी कुछ समझ नहीं आ रहा था क्या करे।

डॉ. संचित, सैफाली को समझाते हैं, "यहां हम कोरोना पेशेंट के बीच रहते हैं...कब किसे हो जाए कुछ नहीं पता, मेरी जान खतरे में है...और मैं नहीं चाहता...तुम लोगों को कोई परेशानी हो...साइंटिफिक एविडेंस तो यही कहते हैं...बुजुर्गों और बच्चों में और तेजी से फैलता है।"

इतने में डॉ. संचित के माता-पिता भी फोन पर आ गए।

श्याम प्रसाद, चिंता जाहिर करते हुए, "बेटा तुम्हारे सिवा हमारा है ही कौन...अपना खूब ख्याल रखना...बस ये समझना सरहद पर जंग छिड़ी है, तुम्हें अपने को और देश को भी बचाना है।"

डॉ. संचित की मां तो रोने ही लगी, डॉ.संचित समझाते हुए, "ऐसा कुछ नहीं है...सब ठीक है...मैं अपना ख्याल रख लूंगा...लेकिन आप लोग भी अपना ख्याल रखें कहीं भी बाहर मत निकलना।"

इतना कह कर फोन काट कर दिया, डॉ. संचित ने अपने घरवालों से भले ही कुछ ना कहा हो लेकिन अंदर से वो भी डरे हुए थे।

4.

दिन गुजरते जा रहे थे, लॉकडाउन भी बढ़ता जा रहा था, कोरोना भी बुलेट ट्रेन की स्पीड से अपना पैर पसार रहा था। डॉ. संचित की आंखों के सामने रोज सैकड़ों लोग मरते, लाशें इधर-उधर पड़ी रहतीं, कोई उठाने वाला तक ना था। किसी का बाप तो किसी का भाई, किसी की मां, जीते जी जिसे जान से ज्यादा प्यार किया, कोरोना होने से जैसे छूत हो गए, ऐसी दहशत की छूने से मर जाएंगे, अपनों की लाशों को ऐसे ही छोड़ देते।

सावधानी बरतने के बावजूद भी अस्पताल के कई स्टाफ मेंबर को भी कोरोना हो गया, जिनके साथ काम किया, परिवार के सदस्य के तौर पर हो गए थे । उन्हें अपनी आंखों के सामने मरता हुआ देखना बहुत ही कष्टकारी अनुभव था, उधर देश में चारो तरफ हालत बाद से बदतर होते जा रहे थे।

बेड,फर्श,बाहर वेटिंग हॉल हर जगह रोते बिलखते मरीज पड़े थे। लिस्ट में मरीजों का तांता लगा था। डॉ. संचित भी अब हिम्मत हार रहे थे। अंदर से बहुत घबराए हुए थे। डर तो सभी में था, अगर डॉक्टर ही डरकर मैदान छोड़ कर भाग जाए तो फिर क्या होगा। डॉ. संचित अपने पूरे शरीर को पीपीई किट जो डॉक्टर के लिए खास तौर पर बनवाई गई थी पहनकर बड़ी सावधानी से काम कर रहे थे।

तभी उनकी नर्स रोजी आनन-फानन में भागती हुई उनके केबिन में आती है, "सर ये लाश का बड़ा लफड़ा है, लोग लाश तक लेने नहीं आते, अब हम लाश भी ठिकाने लगाए, यहां-वहां, सब ओर लाशें पड़ी हैं, वार्डन भी नहीं सुनता, उसको भी क्या कहें, दिन में एक-दो हो तो चलता था, यहां तो एक मरा की चार मरने के लिए तैयार हैं, उधर से आने वालों की इधर से जाने वालों की.. मुझे तो कुछ समझ नहीं पड़ रहा... मेरे से तो नहीं होगा... मैं ये नौकरी नहीं करूंगी... मेरे भी एक 4 साल की बच्ची है... बहुत रोती है... हफ्ते भर से ज्यादा हो गए घर नहीं गई।"

एक साँस में रोजी अपनी पूरी राम कथा कह सुनाया।

डॉ. संचित भी कम परेशान नहीं थे। अचेत जैसे शरीर में जान ही ना हो, देख तो रोजी की ओर रहे थे, मगर ध्यान कहीं और था।

तभी रोजी, डॉ. संचित पर चिढ़ते हुए मन ही मन मैँ यहाँ मर रही हूँ लेकिन इसे हमारी प्रॉब्लम की कोई परवाह नहीं, झल्लाते हुए, "सर...सर..."

संचित भरी हुई आवाज में, "जिंदगी, जिंदगी होती है, किसी की भी हो...और हमें जिंदगी की हिफाजत का जिम्मा मिला है...किसी को कुछ नहीं पता, कब किस के साथ क्या हो जाए।" अपनी आवाज में दृढ़ता लाते हुए, "बट ई विल डू माय जॉब, एट एनी कॉस्ट, आगे तुम्हारी मर्जी...ये जिंदगी का सवाल है।"

रोजी दुखी मन से फिर से अपने काम में जुट गई। चारों तरफ गम और मातम का माहौल पसरा था। रोजी मरीजों को हंसाने की कोशिश करती, उन्हें प्रोत्साहित करती; "सब ठीक हो जाएगा, टेंशन नहीं लेने का।"

एक बुजुर्ग मुंह पर ऑक्सीजन मास्क लगाए रोजी की सेवा-भाव को देखकर दीन भाव से निहार रहा था। रोजी की जैसे ही नज़र पड़ी, उनकी हालत देखकर उसका दिल बैठ गया, आंख से आंसू निकलने ही वाले थे कि अपने दिल को पत्थर

करते हुए, रोजी उस बुज़ुर्ग से, "क्या हुआ अंकल, मरना नहीं है, सब ठीक हो जाएगा, बस कुछ दिन और फिर घर।"

बुज़ुर्ग अपनी पलकें झपकाते हुए जैसे उसकी बातों से सहमति जाहिर कर रहा हो।

5.

रोजी अगले दिन अपने ड्यूटी टाइम पर जैसे ही उस बुज़ुर्ग को देखने आई बिस्तर खाली मिला, एक नर्स बिस्तर की शीट बदल रही थी।

रोजी, "वो अंकल कहाँ गए?"

नर्स, "ऊपर के वार्ड में शिफ्ट हो गए।"

रोजी ने राहत की सांस ली, "मैंने सोचा निकल लिए।"

नर्स, "मैंने भी तो वही कहा, वो देखो.." वार्डन की ओर इशारा किया, बुज़ुर्ग की लाश को स्ट्रेचर में घसीटते हुए इधर-उधर एक के ऊपर एक लाश जैसे कोई सामान ले जा रहा हो। उसने भी ज्यादा मेहनत से बचने के लिए इंसान को इंसान समझना ही छोड़ दिया, लाशों को कचरे के ढेर की तरह नीचे एक वार्ड की तरफ ले जा रहा था।

रोजी, वार्डन को रोकते हुए, "ये क्या कर रहे हो... इज्जत से ले जाओ।"

वार्डन, "मरे हुए आदमी को क्या फर्क पड़ता है?" इतना कह कर चला जाता है नीचे एक तहखाने में लाशों को ले जाकर फेंक देता है, जहां लाशों का अंबार लगा था।

6.

कई हफ्तों से लगातार 14-14 घंटे काम करने से रोजी की तबीयत कुछ दिनों से ठीक नहीं लग रही थी लेकिन आज अचानक से उसे तेज बुखार सा महसूस हुआ सूखी खांसी भी आने लगी। रोजी ने सोचा ऐसे ही होगा, मन में एक बार ख्याल आया, कहीं मुझे भी तो नहीं हो गया, ढाढस बढ़ाते हुए अपने मन को समझाती है, "नहीं, नहीं मुझे नहीं हो सकता, ऐसे नॉर्मल बुखार होगा, टेबलेट ले लूंगी ठीक हो जाएगा।"

रोजी के साथ काम करने वाली एक नर्स, उसकी हालत देखकर, "अपना टेस्ट क्यों नहीं करवा लेती?"

रोजी, "नहीं ,ऐसे ही है... सब ठीक हो जाएगा।" तभी उसके फोन की घंटी बजी।

उधर से रोजी का पति, "नीरा बहुत रो रही थी, उसे यहीं ले आया।"

रोजी, अपने पति पर गुस्सा करते हुए, "यहां क्यों लाए... तुम्हें तो अकल होनी चाहिए... वो तो बच्ची है... एक बार बताना तो चाहिए।"

रोजी का पति भी झल्लाते हुए, "मैं भी क्या करूं... तुम जानो तुम्हारा काम।"

रोजी ने उसे वहीं रुकने का बोलकर, बाहर की ओर भागी जैसे ही नीरा ने रोजी को दूर से आते देखा, पिता का हाथ छोड़कर उसकी ओर भागी, कई हफ्ते बाद अपनी दूधमुही बच्ची को देखकर रोजी की भी आंखें भर आईं। रोजी का दिल अपनी बच्ची को गले लगाने के लिए उसे चूमने के लिए मचल उठा, जैसे ही नीरा पास पहुंची उसे अपनी तबीयत का ख्याल आया, गोद में उठाते-उठाते रुक गई।

रोजी, नीरा को समझाते हुए, "छूना मत।" दूर से ही काफी देर तक दुलार करती रही, समझाती रही, "पापा को तंग नहीं करना।"

रोजी का पति भी रोजी को समझा रहा था, इस वक्त उस पर क्या गुजर रही है।

रोजी का पति रोजी को समझाते हुए वहां से जाने को होता है, "अपना ख्याल रखना, तुम्हारी तबीयत कुछ ठीक नहीं लग रही।"

रोजी खांसते हुए, "नहीं ऐसा कुछ नहीं... बस थकान है, ठीक हो जाऊंगी...अच्छा मैं जाती हूं।"

रोजी को जाते हुए देखकर उसकी बेटी नीरा, रूठते हुए, "मम्मा, मत जाओ ना मुझे छोड़कर।"

रोजी, अपनी आंखों से आंसू रोकते हुए दूर से ही दुलार करने लगी, "ओ मेरा बच्चा, मम्मा जल्दी घर आ जाएगी, तब तक पापा के साथ रहो, तंग बिलकुल मत करना, मेरा अच्छा बच्चा।"

नीरा, रोजी को पोएट्री सुनाते हुए, "ट्विंकल, ट्विंकल लिटिल स्टार..." आगे की लाइन भूल जाती है।

रोजी, "कोई बात नहीं बेटा, अच्छे से याद करना जब मैं घर आऊंगी तब सुनाना।"

ये कह कर रोजी अपने आंसू छिपाते हुए हॉस्पिटल के अंदर चली गई ।

रोजी जैसे ही अंदर गई, डॉ. संचित गैलरी में ही मिल गए। रोजी को रोकते हुए, "रोजी, नर्स बोल रही थी, तुम्हारी तबीयत ठीक नहीं... और तुम टेस्ट नहीं करवा रही... जब तुम ही लोग ऐसा करोगे तो कैसे चलेगा, हम औरों को क्या समझाएंगे ?"

रोजी ने हां में सर हिलाया और चली गई । अगले दिन रिपोर्ट आने पर पता चला, रोजी कोरोना पॉजिटिव है। रोजी को जैसे पता चला दिल मानो धक से बैठ गया, "अब क्या होगा।"

बाकी स्टाफ में भी डर का माहौल हो गया, डॉ. संचित ने अपना भी और बांकी लोगों का भी टेस्ट करवाया । रोजी को तत्काल एक बंद कमरे में क्वारंटीन कर दिया गया।

7.

एक दिन डॉ. संचित की पत्नी का फोन आया, "बाबूजी की तबीयत बहुत बिगड़ गई है।" पहले तो उनकी पत्नी मना करती रही, संचित के बार-बार जिद करने पर बताया; उन्हें कोरोना हो गया संचित अपनी पत्नी पर आग-बबूला हो गए गुस्सा करते हुए खरी-खोटी सुनाने लगे, "तुमने पहले क्यों नहीं बताया, घर से बाहर क्यों जाने दिया ? "

सुरक्षा की हिदायत दी एक अलग कमरे में क्वारंटीन करवाने को बोला । उधर रोजी की तबीयत दिन-ब-दिन बिगड़ती जा रही थी। कोई भी ट्रीटमेंट दवाई काम नहीं कर रही थी, इधर अस्पताल में मरीजों की संख्या भी बढ़ती जा रही थी । जिससे उन्हें प्रॉपर ट्रीटमेंट देना, मैनेज करना, स्टाफ वालों को मुश्किल आ रही थी। डॉ. संचित के पास सांस लेने की भी फुर्सत नहीं थी ।

इधर से उधर मरीजों के पीछे कभी इस वार्ड तो कभी उस वार्ड, ये मरीज की तबीयत ज्यादा खराब हो गई, इसे ऑक्सीजन चैंबर पे ले जाओ, उसे वहां शिफ्ट करो। तभी एक नर्स भागी-भागी आई, डॉ. संचित को उसके चेहरे के भाव पढ़ते देर ना लगी।

मौत की खबर सुनते-सुनते आदत सी हो गई थी । मगर इस बात का उन्हें कतई अंदाजा नहीं था, उस नर्स ने जो कहा सुनकर स्तब्ध रह गए जैसे ही नर्स ने कहा, "रोजी नहीं रही।"

तभी डॉ. संचित के फोन की घंटी बजी उधर से उनकी बेटी का था उसने जो कहा उसे सुनकर तो मानो आसमान फट पड़ा हो, आंखों के सामने धुंध सी छाने लगी, कालेजा मुंह को आ गया।

हाथ पैर थरथर कांपने लगे, कुछ समय के लिए बेहोश होकर जमीन पर ही बैठ गए, जैसे कुछ सुध-बुध ही न रही हो।

नर्स, आंखों पर आंसू भरे, “सर... सर...” संचित बोलने की कोशिश तो करते हैं लेकिन लफ्ज़ हलक से बाहर ही नहीं निकल पा रहे थे । अचानक से उठते हुए सीधा पार्किंग ज़ोन पर खड़ी अपनी कार की तरफ भागे, नर्स पीछे से आवाज देती रही, “सर क्या हुआ?”

संचित को जैसे कुछ सुनाई ही ना दे रहा हो, अपनी कार में बैठकर निकल गए। वही वार्डन जिस पर रोजी रोज़ चिल्लाती थी, उसकी भी आंखों में आंसू थे, रोजी की लाश को आराम से उठाते हुए, मुर्दाघर में ले जाने लगा।

8.

डॉ. संचित घर पर जैसे ही पहुंचे, बाहर गेट पर ही उनकी बेटी खड़ी थी, रो-रो के ऐसा लग रहा था, जैसे आंसू सूख गए हों, बाल बिखरे, कपड़े अस्त-व्यस्त, गाल पर चाटे का निशान था।

संचित ने चेहरे पर मास्क लगा रखा था, दूर से ही अपनी बेटी से पूछते हुए, "क्या हुआ मेरा बच्चा... मम्मा ने मारा?"

सारा बिना कुछ बोले ना में अपना सर हिलाती है।

संचित, "कुछ तो बोलो, सब ठीक हो जाएगा, अब मैं आ गया हूं,बताओ तो क्या हुआ, मेरा राजा बेटा...अच्छा बच्चा।"

जैसे लावा फट पड़ा हो, सारा की आंखों से अचानक आंसुओं की धार बह चली, मुंह से बस इतना ही निकला, "सब मर गए पापा।"

डॉ. संचित बिना देरी अंदर की ओर भागे, अंदर जाकर देखा, संचित के बुजुर्ग माता-पिता अस्त-व्यस्त हालत में बिस्तर पर ही मृत पड़ी थी, चारों तरफ मल-मूत्र बिखरा था।

संचित का अब सब्र का बंध ही जैसे फट पड़ा हो, "बाउजी, मां...।" कहते हुए फूट-फूट कर रोने लगे। फिर जैसे कुछ होश आया, अपने कमरे की ओर भागे, "सैफाली, सैफाली..।"

दरवाजा अंदर से लॉक था, सैफाली दरवाजा खोल ही नहीं रही थी, संचित सारा की ओर देखते हुए, "बताओ बेटा क्या हुआ, मम्मी कहां है?"

सारा, रोते हुए, "पड़ोस वाले, अंकल आए थे, मम्मी भी रूम में थी... वो अंदर गए और दरवाजा बंद कर लिया, मम्मी जोर-जोर से दरवाजा पीट रही थी।" सारा, इतना कहते-कहते रोने लगी, संचित, सारा को गोद में उठाते हुए, "आगे बताओ, फिर क्या हुआ?"

सारा, "मम्मी कुछ देर तक चिल्लाती रही, फिर आवाज आनी बंद हो गई, फिर वो अंकल चले गए, फिर मैं अंदर गई, मम्मी बिना कपड़ों के बिस्तर पर पड़ी थी, कुछ बोल नहीं रही थी।"

संचित, समझ तो गए थे उसके साथ क्या हुआ, गुस्से से भरते हुए, “आगे बताओ?”

सारा, “मम्मी ने कहा तुम जाओ, पापा आते ही होंगे, और दरवाजा बंद कर लिया।”

संचित दरवाजा तोड़कर जैसे ही अंदर गए देखा सैफाली पंखे से लटक रही थी, शायद उसने सुसाइड कर लिया था। संचित का जैसे दिमाग ही सुन्न पड़ गया हो, बेहोश होकर वहीं गिर पड़े, जैसे ही होश आया। सारा को लेकर तेजी से घर से बाहर निकल गए, संचित के दिमाग में बस यही चल रहा था;

अपनी बेटी की जिंदगी बचाना है तो यहां से कहीं दूर ले कर चले जाएँ ।

9.

संचित तेजी से अपनी कार ड्राइव करते हुए उबड़-खाबड़ रास्तों से होते हुए दूर किसी जंगल की ओर बढ़ रहे थे। किसी सुनसान वीरान जंगल में जाकर कार रोक दी, सारा को लेकर पैदल ही आगे बढ़ने लगे, कई किलोमीटर दूर जाकर उन्हें एक खंडहरनुमा कोई घर दिखा, संचित ने सोचा यहीं चलकर थोड़ा आराम किया जाए।

सारा, “पापा हम जा कहां रहे हैं?”

संचित, “वो जो सुरेश अंकल आते हैं ना... उनका फार्म हाउस यहीं कहीं है... मिल नहीं रहा।”

संचित की सांसें जोर-जोर से फूलने लगीं, नाक से सांस भी नहीं जा पा रहे थे । संचित समझ गए उन्हें भी कोरोना है, हालांकि उन्होंने पूरी सतर्कता बरती थी । सारा को मास्क से ढक रखा था, बीच-बीच में सैनिटाइज़र भी करते जा रहे थे। सारा को अपनी गोद से उतार कर अपने से दूर कर दिया, वहीं एक पेड़ के पास बैठ गए।

सारा, “क्या हुआ पापा, कुछ बोलो?”

संचित, हांफते हुए, “बेटा मेरे पास मत आना।”

सारा, "पापा आपको भी कोरोना है?"

संचित, हांफते हुए, "गला बहुत सूख रहा है।" कुछ बेहोश से हो गए, मुंह से बस पानी-पानी यही निकल रहा था।

सारा, "पापा, कार में पानी की बोतल होगी, मैं जाकर लाती हूं।"

संचित की आंखें भर आईं, रुंधे हुए स्वर से, "बेटा आप जा पाओगे इतनी दूर, रास्ता आपको पता है?"

सारा, "हां, पापा जिस रास्ते आए, उसी रास्ते से जाना है।"

सारा, पानी की बोतल जब तक लेकर लौटी, संचित जमीन पे ही पड़े थे, मुंह से झाग निकल रहा था, सामने एक टीले के ऊपर एक कागज पर नोट लिखकर छोड़ दिया था; बेटा मेरे पास मत आना, मैंने सुरेश अंकल को फोन लगा दिया है, वो तुम्हें लेने आते ही होंगे।

सारा, वहीं बैठकर रोती रही, "पापा मुझे छोड़ कर मत जाओ।"

***

i

[i] Bhavishya: Anant ki yatra_ Dharmendra Mishra